KB261033

삿포로행 도라에몽 기차를 타다

신딸기 · 이난다 지음

이가서 퍼슨웹
Leegaseo publishing

차 례

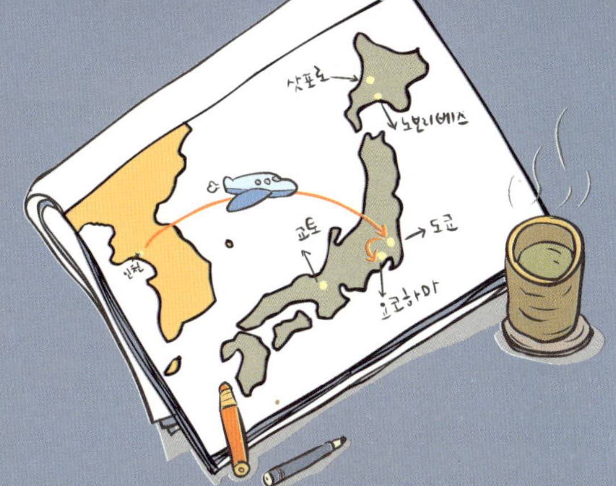

낙천적이고 명랑해서 좋은 인간관계를 맺고는 하지만, 일이 잘 풀리지 않는다 싶으면 주변 사람들을 엄청 괴롭혀서 그동안 쌓아 온 인간관계를 다 망치고 마는 사자자리, B형입니다.

대학을 졸업하고 회사를 다니던 중 대학원에 들어가게 되었죠. 처음 대학에 입학해서는 이것저것 하고 싶은 일이 많아 여기저기 기웃거리다가 힘들게 졸업하고 대학원에 진학했으며, 사회에 첫발을 내딛어서는 예쁜 옷 가게를 기웃거리며 다녔지요. 불만 가득한 직장 생활을 힘들게 그만둔 처지에 연애든 뭐든 시작하기만 하면 언제 끝내면 좋을 지부터 고민하는 이상한 인간형이죠.

어려서부터 해적판 일본 만화를 읽고 미야자와 겐지宮澤賢治를 동화작가 중에 가장 존경하며, 일본 전래 동화나 귀신 이야기에 푹 빠져 자랐어요. 나이가 들어서는 일본 애니메이션에 빠져 하루키村上春樹와 바나나吉本ばなな에 불타기도 했죠. 최근에는 친구와 일본 드라마를 자주 보고 있어요.

키가 작고 몸집도 작은 귀여운 스타일이에요. 머리에 염색을 하고 층을 많이 내서 자르면 일본 사람이라고 오해하기도 할 정도라니까요. 물론 일본 사람들은 그렇게 생각하지 않는 것 같았지만. 왜소한 외모 때문에 서울에서 사는 옷들은 길이든 품이든 조금씩은 다 커서 언니 옷을 빌려 입은 것처럼 어색했어요. 우리나라에서는 44 size나 XS size를 찾느라 혈안이 되어 있다가 일본 여행을 가서 발견하게 된 '재패니즈 엠(M)' 사이즈가 몸에 맞아 버렸죠. M이 붙은 옷을 입는다는 것이 한 사람의 인격체로 인정받는 것 같아서인지, 여유만 생기면 하라주쿠原宿에 가서 옷을 사 모으려고 기회를 노리고 있답니다. 65-C size의 속옷을 찾는 것이 조금도 어렵지 않은 일본을 제 체형이 좋아하는 모양이에요.

그런데 일본어라고는 한 글자도 제대로 배워 본 적 없이 무작정 여행을 떠나게 되었지요. 언젠가 아무 준비도 없이 일본에 갔다가 눈치로 조금 배운 일본어를 제외하고는, 모든 언어는 현지에서 문자 없이 배워야 제대로 익힐 수 있다고 주장하고 있답니다. 단지, 게을러서 더 공부할 생각이 없는 것일 뿐이지만….

어렸을 땐 심심해서 책을 많이 읽었죠.

'마더 테레사' 전기를 읽고 수녀가 되고 싶다는 생각을 하기도 했었고, 사람들을 웃기는 게 좋아 스탠딩 코미디언도 되고 싶었어요.

운동복이 예쁜 것 같아 테니스 선수가 되고 싶기도 했는데 때때로 많이 변해 갔어요. 유명한 배우들을 조종(?)하는 영화감독도 되고 싶었죠. 그런데 지금은 그냥 시나리오를 쓰고 있답니다.

어린 시절 꿈꿔 온 일들을 조금씩 할 수 있어서 시나리오 작가에 만족하고 있어요. 오래 할 수 있다면 더 좋겠지만.

시나리오 작가로 성공하지 못한다면 춤을 배워 무용수가 되어야겠다는 공상도 해 봐요. 때로는 말로 표현할 수 없는 일들을 춤으로 보여 줄 수 있다면 얼마나 좋을까, 생각하거든요.

그것도 영 소질이 없으면 시험을 봐서 공무원이 되어 볼까도 생각해요. 공무원이 된다는 것이 쉬운 일은 아니겠지만 정말 친절한 공무원이 되어야겠다는 생각은 늘 하고 있었거든요.

이것도 잘 안 되면 좀 의기소침해질 것 같아요.

장사는 밑천이 없어서 안 되고 운전은 무서워 하니까 택시도 힘들고, 나이가 많아 서빙도 안 받아 줄 것 같은데 그러면 당분간 친구들을 찾아다니면서 "구걸은 너와 나의 영혼에 좋다."고 내 몸을 의탁해야겠어요. 그것도 잠깐이지만. 그러다 친구들까지 저를 싫어하게 되면 안 되니까요.

결국 시나리오를 열심히 써야겠다는 결론을 내리며 다시 집필을 시작하는, 조금은 소심한 타입이랍니다.

딸기_출근길 거리 망상

여행을 떠나야겠다고 마음먹는 건 항상 출근길의 거리에서 시작돼요. 아침부터 뜨거운 햇볕이 내리쬐는 여름날에는 이런 열기보다 훨씬 더 뜨거운 모래 위에서, 불어오는 더운 바닷바람을 맞아도 좋으니 바다에 가고 싶다는 생각을 하곤 했죠.

사실 바다가 아니라도 좋으니 그늘 한 조각 없어서 선글라스를 끼고 출근하는 백양로 위에 서 있는 것만 피할 수 있다면 정말 좋겠다는 생각을 해요. 7월이 시작되고 하루, 이틀, 사흘이 지나도 뜨거운 백양로에는 그늘이 생길 기미가 보이지 않았고, 잔인한 태양은 모든 것을 뿌옇고 눈부시게 만들어 눈앞을 가로막았죠. 가끔 저는 이 길을 걸어가는 내 몸이 누구의 것인지 궁금했어요. 누구의 의지로 이 길을 걷고 있는지 매번 골똘히 생각해 보지 않으면 당장 잊어버릴 것 같은 불안감이 제 몸 여기저기서 생겨났지만, 곧 뜨거운 햇빛을 받으면 뿌옇게 퇴색돼 버리고 말았어요.

낙엽이 후드득 빗줄기처럼 거리 위로 떨어지는 가을날 아침에도, 스치기만 해도 얼어붙어 버릴 것 같은 기세로 불어대는 겨울바람 속에서도, 출근길이면 전 어김없이 여행에 대해 생각해요. 그냥 어디론가 떠나고 싶다고. 그 여행은 낭만적인 이벤

트가 있는 것도, 계절을 느낄 수 있는 멋진 풍경과 즐거워하는 여행객들이 있는 곳은 아니에요. 그저 가을에는 신선하면서도 차가운, 건조해져 가는 바람이 부는 거리를, 겨울에는 따뜻한 민박 집의 방바닥이나 달짝지근한 냄새가 나는 이불과 담요를 떠올릴 수 있는 곳에 만족하는거죠.

'왜 여기 서 있는 거지?'
'출근해야 하니까, 이게 바로 내 선택이니까.'

제가 스스로 결정한 일이니까 책임을 지고 좀더 성실하게 행동해야 한다는 대답은 너무 자연스러운 것이었죠. 어려서부터 좋은 직장인의 자세가 갖는 미덕을 배우며 자란 저에게도, 저의 동료들에게도 자랑스러운 일이었거든요. 불성실함은 항상 게으름이었고 나쁜 일, 비난해도 되는 성질의 것이었죠.
특히, 지각하지 말 것, 결근하지 말 것. 이런 것들은 제가 아니라도 다들 할 수 있는 것일 뿐 아니라 아마도 그들이 저보다 더 잘할 수 있겠죠. 이렇게 보면 유녹 '나' 이기 때문에 할 수 있었던 일은 딱히 무엇도 없었던 것 같아요. 그렇죠, 예술가가 아니니까. 부지런하고 책임감만 있으면 되는 거죠. 그게 누구든 간에.

'그렇다면 내가 회사에 바란 건?'

아, 물론 돈이겠죠. 아마도 언젠가부터 제 머릿속에 세뇌되어 언제 어느 때이든 반사적으로 튀어나오는 대답들, '성취감', '자아실현'. 성취감이 없다고는 할 수 없겠지만, 자아실현은 글쎄? 근로자로서 느끼는 자아실현일지도 모르지만 그것이 그렇게 멋진 일인지도 모르겠거든요. 자아실현의 목표가 근로자의 정체성이라면 좀 이상한 말이잖아요?

돈은 꼭 필요한 거죠. 서울에서 살아가는 데는 분명히 꽤 많은 일정한 수입이 필요하니까요. 저처럼 지방에서 상경한 경우는 특히 그렇죠. 서울에서 살기 위해서 회사를 다니는데, 서울에서 굳이 사는 이유가 뭐냐고 하면 지방에는 일자리가 별로 없으니까, 라고 대답할 수밖에 없어서 제 스스로 자괴감마저 들었어요.

'난 왜 여기서 이렇게 살고 있을까?'

사무실의 동료들 얼굴을 떠올리며 낙엽이 쌓여 가는 거리를 걸었죠. 맑고 밝은 얼굴의 '아가씨' 들은 왜 회사를 다니며 돈을 모으고 있을까? 하는 원초적인 궁금증이 저를 끊임없이 자극했어요.

오래된 낙엽이 바람에 부스스 흩어져 가요. 제 공상처럼.

그래요, 이런 걸 '출근길 거리 망상' 이라고 부르죠. 출근길 멀미 현상과 함께 '출근길 증후군' 의 대표적인 증상은 이런 것들이었어요.

출근길 증후군

1 출근길이면 어김없이 일어난다.

2 회사가 집에서 멀수록 망상의 깊이는 우물처럼 깊어진다.

3 회사만 아니면 어디든지 가고 싶다는 마음을 확인하는 것이
  대부분의 결론이다. 물론 항상 결론에 그친다.

4 거의 매일, 같은 내용의 반복이다.

5 자신이 얼마나 무능력한 인간인지 알게 된다.

6 덕분에 아무리 괴롭더라도(지금의 자기 위치에 감지덕지하고),
  결국 출근은 하게 된다.

7 사무실에 도착하는 순간, 모든 것은 거짓말처럼 잊혀진다.

출근길 증후군 때문에 늘 어디론가 훌쩍 떠나 버리고 싶고, 도망쳐 버리고 싶었지만 나약하고 게으른 심성의 소유자인 저에겐 무리였나 봐요. 출근해서 사무실 책상과 마주하는 순간, 우리 팀원들의 스케줄을 확인하고 해야 할 일들을 메신저로 지시하고, 상사에게 보고 하는데 열심인 저에게는, 더 이상 출근길 거리 망상에 빠져 허우적거리던 사람의 모습은 어디에서도 찾아 볼 수 없었거든요. 잘 훈련받은 사냥개처럼, 목에 걸린 종을 딸랑딸랑 흔들며 침을 흘리고 달려가는 파블로프의 개처럼, 저는 세상으로부터 버림받지 않기 위해 열심히 일했지요.

사실 무섭기로 따지면 퇴근길 망상 증후군 만한 것이 없습니다. 특히 월급날의 퇴근길 증후군은 정말 말로 표현할 수 없을 정도로 무섭죠. 회사에 다니지 않는 사람이라면 정말 상상도 못할 만큼 괴상한 증세들의 집합인 것 같아요. 직장인에게는 너무나 자연스러운 현상인 반면 지극히 당연할 뿐 아니라 바람직한 것이기까지 하니까요.

저도 언제인가부터 이 퇴근길 증후군에 대해 어렴풋이 몸으로 느끼기 시작했어요. 그런데 문제는 그것이 비이성적으로 진행되는 일이라는 것을 알게 되더라도 멈출 수도 막을 수도 없더라는 것이죠. 스스로 지각하게 되는 그 순간 마음의 고통은 눈물이 되어 흐르고 자책감에 머리를 움켜쥐고 한탄하고 싶어져요. 마치 제가 세상에서 제일 못난 바보가 된 듯한 느낌이 들더라도 퇴근길 증후군의 몇 가지 중요한 증상들을 피해 갈 수 없다는 거예요. 심지어 자각하지 못했을 때보다 더 증세가 심각해지기도 하는 사람들을 여럿 봐 왔거든요.

사실 '정시 출근' 이란 말은 있지만 '정시 퇴근' 이라는 말은 없죠. 대신 '칼퇴근' 이라는 말이 있죠. 합리적인 사고와 고매한 인격을 가진 사람이라고 해도 쉽게 '칼퇴근을 할 것인가' 에 대한 결정을 내리기 힘든 것이 우리 현실이잖아요. 가끔 직장인이라면 해서는 안 되는 것이 칼퇴근인 것으로 알려져 있기도 하지만 그것은 잘못된 속설이라고 생각해요. 칼퇴근은 3년 이상의 근속 경험을 가진 훌륭한 직장인들 중에서도 병가나 지각이 없고, 또 업무 처리 능력에서도 조그만 실수도 없는, 그야말로 하늘 우러러 한 점 부끄럼 없는 사람들에게만 가끔씩 부여되는 특권일 거예요.

거의 매일 밤, 저는 수당 없는 야근을 두세 시간쯤 하고 회사에서 나오곤 해요. 빠진 이처럼 건물의 불이 듬성듬성 꺼지기 시작하는 것을 보면서도 도대체 아무 생각도 없이 터덜터덜 지하철역으로 향하게 돼요.

저는 조용히 오늘 회사에서 무슨 일을 했는지 생각해 봐요. 가만 생각해 보면 참 얼토당토않은 일을 하루 종일하고 있었던 것 같기도 하고, 대수롭지 않은 일을 엄청나게 중요한 것인 양 붙잡고 끙끙대고 있었던 것도 같거든요. 그 일을 몇 시간이나 계속하고 있었는지 계산해 보고 다시 생각해요. 그리고 사장님과 체결한 여덟 시간의 노동 계약과는 달리 몇 시간 동안 일한 것을 더 가져가셨는지 따져 보게 되더라고요. 이것은 매일하는 일이기 때문에 그 수치는 거의 외울 수 있을 정도지만, 또 다음 날 새롭게 계산하는데 의의가 있는 것인지, 새로운 수치를 원하는 것인지 매번 반복해서 계산하는 습관마저 생겼어요. 아마도 출근길 거리 망상과 비슷한 프로세스를 가지고 있는 듯해요.

오늘 사장님에게 온전히 몇 시간의 제 노동력을 주어 버렸다고 생각하니 역시 기분이 나빠요. 그렇지만 어쩔 수 없잖아요.

내일 아침에도 저는 어김없이 정시 출근을 하기 위해 몇 시에 잠자리에 들 것인지를 계산해서 실천할 테니까요. 어제는 이것저것 다른 책들을 읽느라 새벽 2시에 자는 통에 오늘은 무척 피곤했기 때문이죠. 그래서 하루하루 지켜지지 않는 계획을 세우며 12시 전에 자야겠다고 마음을 먹는 순간 또다시 기분이 우울해져요.

사장님은 저의 하루 중 여덟 시간을 쓰겠다고 하시며 계약했었어요. 분명히 근로 계약서에는 그렇게 씌어져 있답니다. 그런데 저는 한 시간씩 걸리는 출근 시간과 퇴근 시간 내내 회사 생각만(그 내용이야 어떻든) 하거든요.

생각해 보면 회사에서 보내는 시간은 누구든 공식적으로 8시간이라고 말하겠지만, 사실상 상시적으로 일어나는 야근 시간과 출퇴근 시간을 합치면 12시에서 13시간 이상을 평균적으로 소비하고 있는 거예요. 하루의 절반 이상을 차지하는 시간인거죠. 다음날 성실한 근무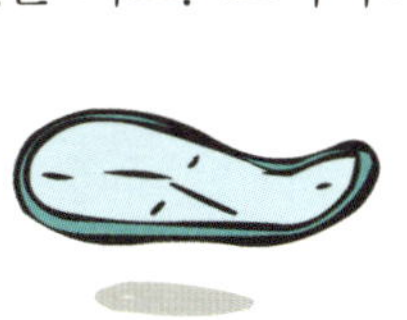 시간을 확보하기 위해서는 휴식 시간과 식사 시간 그리고 충분한 수면 시간을 더하면 제게 남는 시간은 고작 1시간에서 2시간 정도거든요. 혹시 친구라도 만날 약속을 하면 이내 취소를 하고 주말로 일정을 미루는 수밖에 없는 거죠. 그러니까 저의

생활은 사장님을 위해 존재하고 조직된다고 볼 수 있어요. 생각하면 할수록 정말 분통이 터지기 일보 직전이 돼요.

내일은 분명히 도망가겠다, 이제 그만두겠다고 분명히 이야기 하겠다, 라고 귀여운 결심을 되뇌면서 집으로 향해요. 회사를 그만두고 꽘으로 가서 선탠을 하는 멋진 제 모습이라든가, 태국의 고급 호텔에 머물며 망고 주스를 마시고 세상에서 제일 예쁜 언니들이 제 다리를 주물러 주는 모습 같은 망상들도 머릿속에서 춤을 춰요. 그러나 집에 들어서는 순간, 침대에 푹 쓰러져서 씻기도 전에 먼저 잠이 들어 버리는 그때 모든 것은 잊혀지고 저의 하루를 쥐고 흔들었던 망상들은 하나도 남지 않게 되는 일상을 반복하는 거죠. 다음날 아침이면 어차피 잊혀질 이야기들, 집에 오자마자 잊혀진들 아쉬울 것 하나 없다는 생각이 들어요.

그러나 저는 또 일상을 떠나야겠다고 다짐하는 제 모습을 발견하고는 쓴 웃음을 지어요.

딸기가 여행을 가자고 한다!

저는 원래 겨울을 싫어해요. 추위를 잘 타는 데다, 체온이 내려가면 움직일 수 없을 만큼 몸이 꽁꽁 얼어 버릴 것 같거든요. 무거운 겨울 옷가지를 여러 겹 걸치는 것도 싫고, 무엇보다 겨울이라는 계절이 너무 길게 느껴져서 지루하기까지 해요. 사실 누구나 우울해질 이유는 있으니까 저라고 유난을 떨고 싶진 않았지만, 그해 겨울은 정말 우울했어요. 수면을 취하는 시간이 부족한 것 같지도 않은데 몸은 힘없이 자꾸 쓰러졌어요. 일어나 봤자 문밖에는 또 실패할 하루가 기다리고 있다는 느낌, 집은 종이로 만든 것처럼 사방에서 한기가 느껴지고, 오늘 아침에는 또 뭘해 먹나, 날씨는 추운데 머리를 감을까 말까. 하루의 스케줄은 쫓기는 시간보다도 넘쳐 나고 어떤 일부터 시작해야 할지. 과연내가 그 일을 잘 해낼 수 있을까 의심하면서, 베개에 머리를 묻고최대한 시간을 벌며 이불 밖으로 나가고 싶지 않았으니까요.

그때 저는 대학 졸업을 앞두고 있었어요. 대학생이 된 지 9년만의 일이라 어머니는 저를 몹시 한심하게 여기고 계셨었죠. 남들처럼 꼬박 4년을 다닌 대학을 졸업도 못하고, 새로 들어간영화 학교는 무척 많은 돈이 필요했거든요.

'학교는 또 왜 그렇게 멀어.'

방을 얻어 나가 살아야 했는데, 그렇게 졸업을 해도 어떤 일을 하게 될지 알 수가 없었으니까요. 저도 제가 무척 한심했어요. 학비는커녕 그동안 아르바이트를 해서 모은 돈을 모두 합쳐도 날마다 먹는 밥값을 충당하지 못할 정도였어요. 한번은 꼬박 아르바이트를 해서 번 돈으로 산 니콘 카메라를 술에 취해 택시에 두고 내린 적도 있었어요. 스스로 정말 한심하다고 느낀 것은, 그토록 공부를 하고, 오랜 시간 반성을 하고, 밤에는 악몽에 시달리면서 걱정을 했는데도 여전히 어떻게 살아가야 할지 모르겠다는 것이었어요. 어쨌든, 저는 21년에 걸친 긴 교육과정을 거쳐 처음으로, 학교라는 방패 막 없이, 돈도 없이, 마땅히 살아갈 집도 없이, 결혼할 의사(意.思 혹은 醫師)도 없이, 뚜렷한 직업관도 없이, 화장을 하지 않으면 기미를 감출 수 없는 스물아홉 살이 되어, 어떻게든 살아가야 하는 처지가 된 것이지요.

그때 저는 졸업 작품으로 찍은 단편영화를 마무리하면서, 한 영화사에서 실력을 가늠할 수 없어 미심쩍은 저에게 겨우 맡긴 시나리오를 쓰는 중이었어요. 믿지 못할 초보니까, 계약은 나중에, 그냥 무조건 써 보자는 식이었죠. 열심히 시도는 해 보았지만 잘 풀리지가 않아서 그냥 너무 우울했어요. 저는 시나리오고 뭐고 졸업 작품도 마무리할 수 있을까를 생각하며 눈 뜨는 아침마다 이불 속에서 고민스럽게 인상을 쓰곤 했죠.

'시나리오를 쓰는 것은 정말 힘든 작업이구나. 내가 이렇게 일어나지 못하는 것은 이미 내 역량을 벗어난 소재의 고갈 때문이구나. 당장이라고 이 일을 그만두는 것이 현명하지 않을까?'

저는 곧 영화에 대한 작업을 모두 잊게 될 것 같아요. 다시 집으로 들어가서 어머니가 해 주는 따뜻한 밥을 먹으면서 실패만 거듭하는 저의 인생에 대한 구박도 받으며 지내겠죠. 한가한 낮 시간을 케이블 TV에 시선을 뺏긴 채 풍부한 감수성을 키워나갈 수도 있을 테고, 대학로에 나가서 근사한 남자 친구와 데이트를 하면서 약간의 돈 걱정도 보태 하면서요. 그야말로 스릴 있는 서른이 되어 가는 것에 대해 생각해 볼 것 같아요. 그동안 만나지 못했던 친구들을 불러내면 저에게 이렇게 말할 테죠. "드디어 졸업을 했구나."라고요. 그때 저는 조금 으스대며 한편으로는 돈이 없음에 약간은 비굴한 모습을 보이며 친구들과 시간을 보내겠죠. "다시 봄이 오면 내게 꼭 맞는 직업을 구할 수 있을 거야."라고 상상하면서 말이죠.

그렇게 고민을 하고 있을 때

"넌 햇빛이 부족한 거야."

상태가 안 좋은 저에게 딸기가 말했어요. 틀림

없이 어딘가에서 인터넷 서핑을 하다가 찾아낸 이야기였는데, 햇빛을 보게 되면 생성되는 멜라토닌melatonin이라는 물질이 우리를 그나마 생기 있게 유지시켜 준다나요? 겨울에는 워낙 일조량이 적은데다, 햇빛이 들지 않는 1층 방에 살고 있고, 밤새워 일을 하고 새벽에 돌아와 잠을 청하는 생활을 하고 있으니 우울할 수밖에 없다고 말하더라고요.

그렇다면 우리 여행을 가자! 누가 먼저 꺼낸 얘기인지는 몰라도, 그건 정말 굿 아이디어라고 생각했어요. 딸기는 아침 일찍 일어나 햇빛을 담뿍 받으며 걷고, 걷다가 지치면 어딘가에 들어가 조금 쉬고, 따뜻한 음료를 마시며 음악도 함께 듣고, 그것을 따라 흥얼거리다 노래를 외울 때쯤이면 다시 일상으로 돌아와 계속 여행하는 기분으로 흥얼흥얼 즐겁게 지낼 수 있을 거라고 말하더라고요. 언젠가 읽었던 일본의 CEO가 저술한 책에서 이런 글귀를 눈으로 그리고 몸으로 느낀 적이 있었던 것 같아요.

"여행을 위한 여행을 준비하는 시기는 자신이 결정하는 것이며, 그 시기와 횟수에 끌려 다니시 말아야 한다. 이행은 나아가 자신의 삶을 위한 재충전의 시간이기 때문이다."

딸기는, 친절한 간호사 언니처럼, "내가 널 돌봐줄게," 라고 말을 건넸어요. 이런 친구가 있다는 것이 마냥 흥분되는 순간이었죠.

비자를 발급받던 날, 비행기 표와 JR 패스(일본의 JR열차이용권)를 산 기념으로 우리는 생선 정식을 먹었죠.

우리의 도피성 여행은 잘 마무리 되어 가는 듯했기 때문에 자축의 의미도 담고 있었거든요. 이제 남은 일이라고는 긴 여행을 위한 쇼핑을 하는 것뿐. 말이 나오기가 무섭게 우리는 면세점으로 달려갈 것 같았지만 사실 우리에게 그럴 만한 여유가 없었거든요. 이번 여행을 위한 쇼핑은 사실 의미 없는 일이었죠, 라고 말하면 새빨간 거짓말일 테지만. 적정선에서 우리는 준비물을 사 모으기 시작했어요.

일본행 비행기를 타는 시기는 2월 초, 우리는 1월 하순부터 거의 이틀 간격으로 백화점을 순례했어요. 조심스럽게, 마치 큰일을 앞두고 성지를 찾아가서 기도나 불공이라도 드리듯이.

우리들은 고심 끝에 외투와 바지를 사고 속옷도 샀어요. 겨울철 평균 기온이 영하 12도라는 홋카이도의 혹한에 대비해야 했거든요. 그리고 그 혹한을 뚫고 살아 돌아와 멋진 여행에 흥분된 기분으로 다시 일상으로 회부되어야 했죠. 하지만 그런 생각은 백화점에 들어가기 직전까지였고, 때마침

세일이던 백화점의 유혹을 이겨 낼 수 없었어요. 두꺼운 외투와 청바지를 사고, 티셔츠와 내복도 샀어요. 살 수 있는 것은 무엇이든 어떤 명분을 붙여서라도 사들였어요. 숙식이 부분적으로 제공되는 여행이었지만, 역시 겨울 여행용 짐은 너무 많고, 무거웠죠.

특히, 우리가 여행하는 지역이 위아래로 길게 뻗어 있는 일본열도를 반 이상 다닐 거라서 당연히 짐은 더욱 무거워질 수밖에 없었어요. 2월이면 홋카이도는 상상할 수 없을 정도로 추운 겨울이지만, 도쿄, 요코하마나 교토, 오사카는 이른 봄이었으니까요.

딸기의 여행 준비(신경 써서 준비한 것들)

• 여권 — 유효기간 체크

• 비자 — 수수료 만 오천 원이 아까워 여행사를 통하지 않고 직접 발급 받음. 비자 발급 때문에 이틀 동안 둘이 만나 밥 먹고 차 마시고 노는 데 쓴 돈은 비자 발급 수수료보다 세 배가 넘을 게 확실하지만 전혀 아깝지 않은 것 역시 놀라운 일이었죠. 개인이 직접 비자를 받으려면 평일 오전에 일본 영사관을 찾아가야 해요. 대부분 인터뷰 없이 비자를 다음날 찾아갈 수 있으며, 일본에 다녀온 경험이 있는 회사원이나 학생은 5년 복수 비자를 쉽게 받을 수 있어요.

비행기표

얼마간 유효한 것인지에 따라 가격이 달랐는데요, 우리는 다시 입국하지 않을(?) 마음도 있었으므로 3개월 동안 오픈 된 것으로 구입했어요. 일본에서 정착할 마음도 분명히 있었는데도 겨우 3개월을 택한 이유는 순전히 1년 오픈보다 싸기 때문이었어요.

 JR패스

정말 오랫동안 고심해서 7일짜리를 선택했어요. 14일이나 21일로 사용 기간이 길어질수록 단가는 점점 낮아져요.

캐논 S45, 메모리 카드 128M 2개, 배터리 2개, 충전지, 케이블, 100V 어댑터.

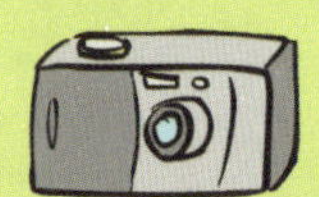

디지털카메라

여행가이드용
책 두권

가장 유명한 책이라는 일본여행 즐기기에 관한 책과 일본의 지역별로 분리되어 홋카이도만 나온 책을 구입했어요.

나리타익스프레스 와
스카이 라이너
시간표

도착/출발 때 요긴하게 사용했어요.

실제로는 기능보다는 디자인에 신경을 써서 구입했
지만 겨울이었기 때문에 입고 갔어요.

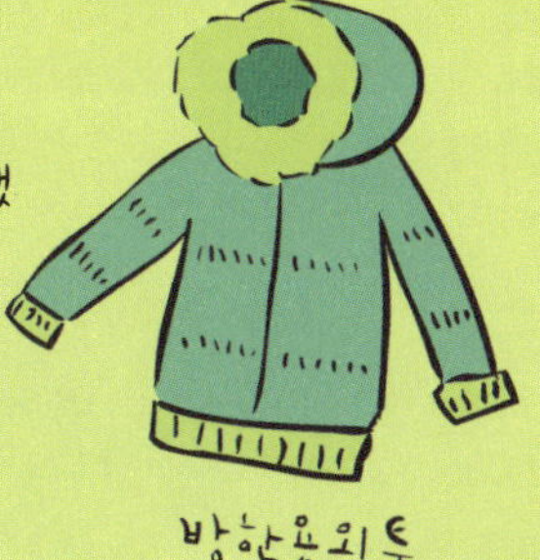

꽃분홍색 취향인 건 아니지만 방한용으로 구입했어요.

브래지어+팬티 세 쌍
어떤 상황에 처할지 몰랐기 때문에 세트로 준비했어요.
티셔츠 세 벌, 두꺼운 긴 소매 스웨터, 까만 브이넥 카디건, 코듀로이 바지, 청
바지, 치마, 운동화(신고 갈 것), 방한용 목도리와 장갑(잃어버려도 되는 것),
모자(털모자, 모직 모자), 무릎 담요, 얇은 겨울 점퍼, 양말 세 켤레, 스타킹
한 켤레, 다이어리, 볼펜(잃어버려도 아깝지 않을 싼 것), LOMO + 필름, 우산,
수영복, 작은 가방(여권과 지갑을 넣어서 항상 메고 다닐 수 있는 것), 목욕 용
품, 화장품(샘플들을 모아서, 돌아올 땐 빈손으로 올 것), 수건 2장, 비상약(후
시딘, 지사제, 소화제, 진통제, 반창고), CD플레이어, CD

여름 여행에 비해 가방이 두 배로 무거웠지만, 추위에 견뎌 내기 위해서는 이 방법을 택할 수밖에 없었어요. 그래도 이렇게 많은 분량의 짐을 싸면서도 한편으로 믿는 구석이 있었던 것은 요코하마에 가방을 맡아 줄 친구가 있었기 때문이에요. 만약 항시 들고 다녀야 했다면 하루하루가 우울했을 거예요.

난다__여행 준비

떠나기 전날, 엄마와 심하게 다투고 나서야 비로소 저는, 제가 아직 한국에 있다는 것을 실감했어요. 그날은 2년 동안 혼자 살 던 제가 부모님의 집으로 들어간 지 고작 4일째 되는 날이었죠. 주말마다 만날 땐 너무 반가웠었는데, 같이 산다는 건 서로에게 힘든 일이었거든요.

저는 졸업 이후의 생활에 대해 자신이 없었나 봐요. 집세를 계속 내야 하는 저에게 고정 수입이 불확실한 것이 가장 큰 요인 이었죠. 저는 집세를 내기 위해 어떤 일이든 감수하고 싶지는 않았거든요. 오랫동안 제가 준비했던 것들을 가장 적절하게 발 휘할 수 있는 일을 원했어요. 그리고 그때까지 부모님이 어떻게 든 저를 도와주실 거라고 믿었고요. 무엇보다도 이번 겨울에 좋 은 밥과 잠을 희생하면서 억지로 해야 했던 일들이 저를 지치게 했을 거예요. 저는 누군가의 보살핌 속에 쉬고 싶어졌어요. 그 리고 이런 바람은 모두 저의 환상이었음이 며칠 안에 드러났죠.

집에 돌아오자마자 저는 우유부단하고 원하는 것을 표현하지 못하는 어린애로 다시 돌아갔어요. 부모님은 저에 대한 초조함과 불만을 감추지 않았죠. 그런데 때마침 여행을 가게 되어 얼마나 다행한 일인지 생각했어요. 이대로는 계속 어떤 일도 할 수 없었거든요.

다행히도, 저는 짐 싸는 것을 아주 좋아해요. 짐을 싸기 시작하면서는 살짝 콧노래도 나올 만큼 나날이 기분이 좋아졌거든요. 여행을 가기로 하자 딸기는 굉장히 신중해져서, 여행에 필요한 준비물 목록을 저에게 받아 적게 했어요. 참고하면 좋을 거라면서.

딸기__속옷은 세 벌 준비하고 어차피 날마다 빨아서 입게 될 테니까 더 많아지면 자리만 차지할거야. 그리고 양말 세 켤레, 타이즈 하나, 집에서 편하게 입을 수 있는 활동복 한 벌. 나는 조깅은 꼭 할 거니까 조깅복은 꼭 챙길 거야.

난다__뭐? 진짜냐?

딸기__너는 안 할 거면 안 가져와도 돼.

난다__(질 순 없지…)

딸기__이외의 필요한 것은 두꺼운 스웨터를 포함해서 상의 세 벌 정도와 하의 세 벌이면 될 것 같아. 물론 바지 두 개와 치마 한 벌 정도는 필요할 것 같고. 담요, 손가방, 안경, 우산 정도면 준비 완료.

이런 식으로 말이죠. 딸기가 세운 기준이라면, 많은 옷은 여행에서 짐이 되니까 최소화 하고 디자인이 예쁘거나 자신이 선호하는 스타일의 옷은 가끔 기분 전환에 도움이 되므로 한 벌 정도 준비해 간다는 주의이죠.

하지만 제가 볼 땐 옷이 꽤 많은 편인 것 같은데…. 어쨌든 짐을 챙기는 동안에는 어떻게든 개인의 인생관이 드러나기 마련이죠. 그래서 저는 딸기의 짐 목록을 저의 관점에 따라 조금 수정해서 짐을 싸기 시작했어요.

속옷 다섯 벌. 정말 날마다 빨래를 할 수 있을지의 여부가 확실하지 않으니까 여벌로 조금 많이 준비해서 가져가자고 생각했어요. 그리고 양말은 네 켤레, 타이즈 두 켤레 정도. 사실 날마다 빨래가 가능하다고해도 모았다가 모두 세탁기에 돌리는 편이 더 손쉽다는 생각에 일단 저는 조금 넉넉히 준비해 갔어요. 각자의 취향을 고려해야 하는 부분이기 때문에 세심하게 준비하지 않으면 안 되거든요.

여행에 도움이 될 책

우리는 일본에 가져갈 책 목록을 특별히 신경 써서 선정하기로 했어요. 기차 여행을 일주일 동안 할 계획이었기 때문에(때로는 12시간씩!) 저는 '기차 안에서의 독서'가 굉장히 기대되었거든요. 사실 이건 제가 세상에서 제일 좋아하는 놀이 중의 하나예요. 기분 좋게 책을 읽기 위해서라면 특별히 어느 곳을 가겠다는 계획도 없이 왕복 기차 삯을 지불할 만한 용의가 있으니까요. 우리가 정한 책 목록은 다음과 같은 것이었죠.

《무라카미 라디오》 – 무라카미 하루키

잡지처럼 읽을 수 있는 일본 작가의 책을 원했죠.

《칼 융 생애와 학문》

분명히 기차 여행을 하다보면 자다 깨다를 반복하면서 무의식의 심연과 현실을 뒤죽박죽 탐험하게 될 텐데, 그럴 때 이런 책이 도움이 될 거라고 생각했죠.

《에곤 쉴레》

그림이 있는 책들은 여행의 지루함을 덜어 주죠.

《빈센트빈센트 (상)》

오래 전부터 읽으려고 마음먹고 있던 책. 여행하는 동안 상권을 읽고 돌아와서는 하권을 마저 읽으면 여행하는 기분을 계속 느낄 수 있을 것 같았어요.

《기호의 제국》

아무래도 일본과 관련된 책은 한 권 있으면 여러모로 도움이 될 것 같았어요. 옛날에 읽기는 했지만.

《베르메르 화집》

베르메르의 그림은 시간이 멈춰서 고여 있는 것 같은 느낌이 강해서 언제라도 마음이 조급할 때나 시간이 많아 심심할 때, 잠깐씩 틈이 날 때라도 계속 펼쳐 볼 수 있을 것 같았어요. 그리고 이 책은 화집 치곤 꽤 얇았거든요.

우리들은 28만 원 가량에 구입한 7일짜리 JR 패스를 최대한 사용하기 위해 삿포로(홋카이도)와 교토를 가기로 했어요. 삿포로는 일본의 북쪽 홋카이도에 있는 도시예요. 교토는 오래 전에 수도였던, 간사이 지방에 있는 도시랍니다. 친구의 집은 요코하마에 있으니까, 우리의 여행지는 요코하마, 도쿄, 삿포로와 인근 도시들 그리고 교토가 될 거예요.

일본 대사관에 비자를 신청하러 간 날, 우리들은 서점에 들러 두 권의 책을 샀어요. 외국에 대한 정보는 대부분 불확실하고 책마다 같은 내용에 대해 다르게 말하고 있는 경우가 많으니까, 한 권이 아니라 두 권을 구입했어요.

'하루에 두 군데 이상 돌아다니진 않을 거야. 겉핥기 식 관광도 싫고 피곤한 것도 싫으니까.'

우리들은 최대한 심플하게 여행하기로 마음먹었거든요. 하지만 언제든 계획한 일은 상황에 따라 수정되게 마련이니까 그때그때 조금은 변경된 일정을 감안해서 계획을 세웠어요. 특히 귀가 얇은(?) 우리들의 첫 일본 여행인 덕분에 수십 번도 더 되는 예정에 없던 곳을 돌아보기도 했어요. 물론, 모두 만족스러운 곳이어서 더욱 좋았지만. 어느 여행에서나 몸 사리지 않고

잘 걷고 잘 먹고, 외국에서도 활동적으로 움직일 수 있는 분들
에게는 신선한 충격이 될 수 있는 여행인 만큼 이런 계획은 무용
지물이라고 생각할 수도 있겠네요.

나리타 공항 : 요코하마에 위치한 해리 집(1일)

요코하마 관광 : 요코하마 시내, 산케이엔(2일~3일)

신칸센 여행 출발 : 도쿄에서 신칸센을 타고(4일~5일)

삿포로, 노보리베쓰登別, 하코다테函館나 오타루小樽(5일~7일)

요코하마 : 휴식(7일)

교토, 나라(8~10일)

요코하마(10일)

요코하마, 도쿄

우리들의 여행은 삿포로와 교토 이후, 요코하마에서 얼마나
지속될지 알 수 없었어요. 우리들은 다시 돌아오고 싶지 않았거
든요. 하지만 3개월 동안 유효한 항공권을 구입했으므로 아무
리 늦어도 3개월 후면 다시 한국으로 돌아와야겠지요. 요코하
마에서 거주하는 해리가 구박이라노 한나먼 조금 더 일찍 돌아
올지도 모르겠어요. 그러나 아마 그럴 일은 없을 것이라고 믿었
어요.

우리들은 JR 패스와 신칸센을 중심으로 여행 계획을 느슨하
게 짜 두었지요. 사정에 따라 변할 수 있는 여행 계획을 처음부

터 충실하게 짤 필요는 없었거든요. 그러나 저는 여행 책자를
손에 쥔 후부턴, 잠들기 전에 몇 번이고 삿포로와 하코다테를,
노보리베쓰와 오타루를 각각 다른 순서로 달려가곤 했죠.

● 삿포로에서

새벽 기차에서 내려 떠오르는 아침 해와 함께 다이아몬드 더스트를 본다.
홋카이도 대학의 포플러 가로수 길을 걷는다.
라멘을 먹는다.
잔뜩 쌓인 눈을 감상할 수 있을 것이다.

● 노보리베쓰에서

유카타를 입고 온센료칸(溫川旅館, 온천여관)을 즐긴다.
지고쿠다니(地獄谷, 지옥 계단)에서 썩은 달걀 냄새(유황 연기)를 맡으며
탐험한다.

● 신칸센 철로에서

가능하다면 JR 패스로 가장 먼 곳까지 이동한다.
가능하다면 JR 패스를 많이 사용한다.
가능하다면 교통수단은 JR 패스만 사용한다.

● 요코하마에서

산케이엔, 야마시타山下 공원, 차이나타운에 간다.
해리의 집 근처 공원 등지에서 사색한다.

● 도쿄에서

하라주쿠, 시부야에서 저렴한 가격의 속옷을 산다. (딸기의 체형에 맞는 옷이

많았으므로)

모스 버거를 먹는다.

요요기 공원代木公園, 하라주쿠에 간다.

일본인 친구를 만난다.

● 교토에서

료칸에 가서 여주인의 접대를 받는다.

료안지龍安寺에 가서 석정을 본다.

철학자의 길을 걷는다.

쇼핑은 하지 않는다!

02

일본으로 출발

저는 한 번도 비행기를 타 본 적이 없는 남자 친구가 있어요. 그래서 제가 이번 여행으로 인해 비행기를 타게 되는 것을 몹시 부러워했었어요. 비행기를 타는 게 얼마나 갑갑한데, 하면서 얼굴을 찌푸렸지만 사실 저는 비행기를 타고 여행 다니는 것을 무척 좋아했어요. 짧은 여행일 때, 특히요.

비행기 안에서

설레임으로 두근거리는 마음을 부여잡고 비행기에 탑승한 이후 창가에 자리를 잡았어요. 기내식을 먹겠다고 내내 아무것도 먹지 않은 딸기는 배고픔을 이기지 못하고 계속 투덜댔죠. 앞으로 보게 될 구름과 산, 작은 집들은 꼭 우리가 탑승한 비행기가 추락하여 깊은 바다 속으로 떨어져 버릴 것 같은 상상을 만들어 냈어요. 사실 저는 비행기를 타면 다른 사람들보다 훨씬 귀가 잘 들리지 않아요. 더구나 이번에는 감기까지 합세하여 귀가 아파 오기까지 했거든요.

바다가 보여요

제가 떠나온 작은 집들과 도시가 보이기 시작했어요. 산은, 울상이 된 사람의 얼굴처럼 자글자글 주름져 있었고요. 저 아래 어딘가에 있을 남자 친구가 저를 얼마나 부러워할지 상상이

돼요. 하지만 일본 여행에 대한 기대로 설레는 제 마음은 금방 남자 친구에 대한 회상을 웃음으로 지워 버렸죠. 이른 아침부터 반짝 뜨인 눈은 감길 줄을 모르고 이미 마음이 가 있는 일본의 곳곳을 순회하고 있었거든요.

무작정 떠나는 여행이 불만스러웠던 어머니와 밤새 입씨름을 해야 했지만 결국 제 여행 가방을 리무진 버스가 있는 정류장까지 끌어다 주셨어요. 철없는 저는 그저 여행의 길을 쫓아 어머니를 향해 서운한 기색 하나 없이 손을 흔들어 보였어요. 어머니는 마주 손을 흔들어 줄까 망설이는 기색이 역력했지만 이내 버스가 멀어지는 것을 보고 그냥 돌아서 가셨어요. 하지만 그 모습도 일본으로 향하는 기내에서 비춰지는 구름 속으로 모두 흩어져 버렸죠.

눈이 부실 만큼 반짝이는 것 같았고 달콤함으로 눈 감고 싶을 정도로 부드러워 보이는 구름을 지나면서 한국에서 저의 일상은 모두 잊혀졌어요. 또 다른 세계가 눈앞에 펼쳐지기 시작했거든요. 하늘과 땅의 끝은 보이지 않았고 그저 편편하게 생긴 태양만이 가까이에 박혀 있있어요.

'나는 어디에 있는 걸까?'

제가 떠나온 곳에도 지금 향하고 있는 곳에도 저는 없을 것 같았어요. 이런 자괴감으로 인해 여행을 결정하게 되었다는 생각에 반가운 마음으로 여행을 받아들이기로 했어요. 지상에서 제가 속해 있던 지긋지긋한 생활, A는 B의 원인이고, B때문에 저는 C를 해야만 하고, 그래서 저는 D를 했어야 했지만, 도대체 왜 처음부터 A를 했어야 했는지 몰랐던 그 허무한 모래성 같은 일의 연쇄와 제가 여행을 가게 되면 하길 원했던, 또 그렇게 하기를 주변 사람들이 기대하는 멋진 일들이 이미 없거나 아직 없거든요. 그래서 저는 너무 가벼워져서 이렇게 하늘을 날 수 있는 것 같아요.

눈을 가느다랗게 뜨면, 일본은 한국과 별 다를 바가 없어 보여요. 나리타 공항에서 요코하마로 가는 지하철에서 저는 호기심도 없이 눈을 감고 잠을 청했었죠. 비행기에서 내렸는데도 여전히 이가 아팠기 때문이에요.

어떻게 느긋하게 잠을 잘 수 있냐며 딸기는 긴장 된 목소리로 지하철 표를 손에 꼭 쥐고 허리를 꼿꼿이 세운 채 눈을 굴리며 앉아 있었어요. 서울에서 동경까지 2시간의 거리(서울에서 대전 가는 거리), 그것이 일본에 대한 저의 거리 감각이었죠. 집에서 조금 먼 곳으로 딸기와 놀러 나온 것 같았거든요.

무거운 짐과 싸우며 요코하마 역에 도착하자 해리가 마중을 나와 주었어요. 해리는 꼭 일본 사람처럼 옷을 얇게 입고 있더라고요. 일본에 도착해서 제가 발견한 첫 번째 놀라움은, 이렇게 추운데 사람들은 모두 추위를 타지 않는다는 듯이 가벼운 옷

차림을 하고 있다는 것이었어요. 10대 여자 아이들은 엉덩이 아래로 살짝 내려오는 스커트를 입고도 밑에는 달랑 양말을 신었을 뿐 어떤 코트도 찾아볼 수 없었어요.

그것을 보는 것만으로도 저는 두꺼운 오리털 파카를 여미고 싶을 정도로 추워졌어요. 두 번째 충격은, 여자들이 그렇게 못생기지 않았다는 거예요. 저는 왠지 기대감에 차 있었던 것 같아요. 딸기는 저에게, 너조차 일본에선 아이돌 스타로 데뷔해도 좋을 미녀가 될 거라고까지 했거든요. 사실 조금 실망스러웠어요.

배도 고프고 곧장 집에 들어가고 싶지 않았기 때문에 우리는 요코하마 역에 있는 백화점에 위치한 식당가로 향했어요. 일본식 주점에 들어가서 크로켓과 감자구이, 돌솥비빔밥을 먹었죠. 그런데 우리의 입맛에 너무도 딱 맞아 떨어지는 맛이어서 내심 놀라지 않을 수 없었어요. 일본 음식은 한국 사람 입맛에 맞지

밤의 요코하마는 나이든 사람처럼 낮고 조용했다.
이 작은 도시의 오래되고 억제된 것 같은 기운이 좋았다.

않는다는 얘기를 질리도록 들었던 터라 신기했어요.

　제 주위에는 일본에 대한 편견을 갖고 있었던 사람들이 너무 많았어요. 딸기도 고개를 갸우뚱거리며 "뭐야, 굉장히 맛있네."라고 할 정도였거든요. 서빙하는 언니들도 예쁘고 친근했어요. 우리를 보고 웃으면서, "かんこくじんですよね. わたしもかんこくのともだちがいます. 한국 분들이신가 봐요. 저도 한국 친구가 있지요."라고 일본말로 인사해 주더라고요. 저는 속으로 일본 여성들에 대한 그간의 오해를 사과하고, 일본에 건너와 아이돌 스타가 되려던 꿈을 조용히 접었답니다.

　해리는 우리를 비싸다는 일본 택시에 태워 집으로 데리고 와 주었어요. 밤의 요코하마는 나이든 사람처럼 낮고 조용했어요. 저는 이 작은 도시의 오래되고 억제된 것 같은 기운이 좋았어요. 해리의 집은 작은 2층 건물에 위치한 아파트인데, 높은 천장 중간에 사다리를 놓아 복층을 만들어 놓았더라고요. 전기장판을 깔아 놓은 다락방이 우리 셋의 잠자리가 되었어요. 해리는 지기기 좋아하는 휘쉬민즈Fishmans의 음악을 틀어 주었죠. 이늘의 음악은 해리를 일본으로 이끈 사이렌의 노래거든요. 저는 앞으로 이 음악이 일본에 있는 동안 우리들의 주제가가 될 것이라고 생각했어요. 해리가 전기 히터를 틀어 주었지만 얇은 나무로 지어진 일본식 집은, 두텁게 단열을 하고 온돌까지 한 우리들의 집보다는 아무래도 춥기 마련이었어요. 우리는 음악을 들으면서 쭈그리고 앉아 캔 맥주를 마시고는 두꺼운 일본 이불 속으로 들어갔어요. 해리의 경고대로 몹시 더워서 땀을 뻘뻘 흘리며 잔 것 같아요.

해리는

휘시만즈를 좋아하는 해리가 처음부터 일본에 가 있었던 건 아니에요. 처음엔 서울에서 일본계 자동차회사에 다니고 있었지요. 그런데 어느 날 훌쩍 일본으로 건너가면서, 친구들에게 요코하마의 집 주소와 휴대폰 번호를 알려 왔어요. 해리가 일본으로 간 이후 그의 집은 언제나 친구들로 북적대기 시작했지요.
요코하마에 살며 해리는 금방 일본 스타일로 변해 갔어요. 출근길엔 커다란 헤드폰을 쓰고 자전거로 JR 역까지 가거든요. 목도리도 일본식으로 뒤로 묶고 말이에요. 밤이면 집에 돌아와 에비수 맥주를 마시며 휘시만즈의 뮤직 비디오를 봤고 다시 아침이면 욕조에 더운 물을 받고 몸을 담갔어요.

우스타 쿄스케うすた京介의 『멋지다 마사루』와 나나난 키리코魚 キリコ의 『스트로베리 쇼트케이크』가 해리의 책장에 꽂혀 있었지요. 주말이면 시부야로 나가 휘시만즈의 팬클럽 회장과 스페인자카(시부야에 스페인자카라 불리는 거리가 있어요. 그다지 스페인의 느낌인지는 잘 모르겠지만 우리들은 스페인자카의 한 생맥주집에 간 적이 있답니다.)에서 튀긴 감자에 생맥주를 마셨어요. 어쩐지 저는 해리가 하루키 같다는 생각이 들었어요.
그래도 역시 해리는 우리들이 요코하마에 올 때 김치를 가져다 달라고 했지요. 뒷마당에는 한국에서 가져온 소주 팩이 두 상자나 재워져 있었어요. 한 상자는 이미 먹어 버렸다고 하더라고요. 아침에는 콩나물 해장국이나 육개장에 밥을 말아 먹었어요. 우리가 도착한 다음날 점심으로 신요코하마의 한국 식당에서 비싼 한식을 사주었답니다.

저는 일본어를 전혀 못해요. 딸기는 히라가나를 읽을 줄 알고 간단한 문장을 말할 줄 알지만 거의 못한다고 할 수 있는 수준이고요. 여행을 오기 전에 딸기가 필수 일본어 몇 마디를 가르쳐 주더라고요. 'おねがいします. 부탁합니다', 'おみずください. 물 좀 주세요', 그리고 제일 중요하다며, 'トイレはどこですか. 화장실이 어디 있습니까?' 딸기 말로는 이것만 알면 일본 생활을 대충 해 나갈 수 있다고 했거든요. 저는 그 세 가지를 일본으로 가지고 갈 수첩에 소중하게 적어 두었지요.

일본에서의 첫날 아침은 해리의 회사 앞 단골 식당에서 점심을 먹는 것으로 시작했어요. 낯선 길과 집들, 그리고 낯선 태양과 바람을 맞으며 우리는 전혀 달라지지 않았는데도 불구하고 거의 새로운 사람으로 거듭나는 기분을 느꼈어요. 아무렇지도 않은 표정으로 지나가는 일본 사람들에 대해 우리는 무슨 비밀이라도 가진 것처럼 재미있게 의식했어요. 길이 두 갈래로 갈라지면 딸기가 일본말로 "오른쪽 みず(미기), 왼쪽 ひだり(히다리) 아니, 반댄가?"라고 가르쳐 줬죠. 우리는 지하철역을 향해 가고 있어요. 그런데 해리가 일러 준 대로 쭉 걸어 나가, 공사를 하고 있는 육교를 건너서 한참을 내려갔는데도 지하철역은 나오지 않

더라고요. 아무래도 길을 잘못 든 것 같았지요.

"어떻게 좀 해봐.", 저의 채근에 딸기가 점잖아 보이는 일본 아저씨를 붙잡고, "ちかてつえきはどこですか. 지하철역이 어디입니까?"라고 일본어로 물었어요. 그분은 화난 것 같은 근엄한 표정으로 딸기에게 한참 동안 일본어로 이러쿵저러쿵 설명을 해 주더라고요. 딸기는 미소를 지으며 공손히 인사를 하고는 우리가 오던 길의 반대 방향으로 돌아서 걷기 시작했어요.

딸기__지나친 것 같아.
난다__그래, 그럼 어디래?
딸기는 대답 없이 계속 걸었어요.
딸기__다음에는 영어로 묻는 게 좋겠어.
딸기가 말했죠.
난다__왜? 너를 무시해?
딸기__그게 아니라… 묻기는 했는데 대답을 알아들을 수가 없잖아.

이번에는 노란 안전모를 쓴 아저씨들에게 영어로 물었어요. 우리가 지나온 육교는 도장 공사를 하고 있는 중이었는데, 일본에서는 공사도 아주 귀엽게 한다는 생각이 들었어요. 아직 공사를 하지 않은 부분은 체크무늬 천으로 곱게 덮어 둔데다 아저씨들의 안전모도 아주 귀여웠거든요.

"Excuse me." 실례합니다.

"Where is the subway station." 지하철역이 어디죠?

“Ah, underground train?” 지하철?

아저씨들은 얼굴을 마주 보더니 바로 옆에 있는 건물을 가리키더라고요. 건물 안으로 길이 나 있는 이 지하철역은 굉장히 작아서 눈에 잘 띄지 않았거든요. 그래서 아마도 우리가 모르고 지나쳐 왔던 것 같아요.

“일본에서는 모든 게 다 작구나.”
“나는 무슨 파출소인 줄 알았어.”

지하철역에 들어가서도 어려움이 많았어요. 일본에서는 대개의 것들은 자판기vending machine로 사게 되어 있어서 우리도 사람들의 도움 없이 지하철 표를 사야했거든요. 자판기에는 일본말만 어지럽게 씌어져 있더라고요.

“어떻게 영어가 한 마디도 없냐….”

우리는 딴청을 피우며 자판기 옆에 서 있다가 한 일본인 아주머니가 표를 사는 것을 보고 따라해 봤어요.

“어, 이것 봐.”

자판기 앞에서 고민하고 있던 딸기가 바로 옆에 붙어 있는 안내문을 발견했어요. 안내문은 한글로 적혀 있더라고요. 우리는 드디어 표를 사는데 성공했지요. 겨우 지하철 표를 한 장 산 것 뿐인데 뭔가를 해낸 듯이 뿌듯했어요. 우리 같은 초보 여행자에게는 낯선 곳에서 지하철을 타는 것만 해도 어마어마한 모험이 되니까요.

해리가 자주 가는 한국 식당으로 찾아가 숯불갈비와 육개장을 먹었어요. 식당은 아주 성업 중이더라고요. 일본에서는 값이 비싼 한국 음식이 아주 인기라고 했어요. 해리를 회사로 들여보내고 우리는 월드컵 결승전이 열렸던 신요코하마 스타디움으로 발길을 옮겼어요.

봄처럼 햇볕이 따사롭고 한가한 오후였는데, 저는 아직도 이가 잡아당기는 것처럼 아파 왔어요.

난다__"아무래도 치실(dental floss)을 사야겠어."

딸기__"그래? 그러면 편의점에 가 보자."

다국적 자본인 편의섬에선 인간적인 친근함을 느낄 수 없었는데 외국에서 로손이나 패

밀리 마트 같은 눈에 익은 편의점을 보면 우연히 아는 사람이라
도 만난 것처럼 반가웠어요. 그러나 몇 군데나 들러서 일본어,
영어, 몸짓을 섞어가며 치실에 대해 설명했는데도 아는 사람이
한 명도 없더라고요. 기껏해야 머리끈이나 면도칼을 권해 줄 뿐
이었어요.

“일본 사람들은 치실을 안 쓰나 봐.”
“아마 치열이 제멋대로라서 그럴 거야.”

딸기는 제가 몸살에 걸려 이가 아픈 것이라고 말했어요. 어
디선가 그런 비슷한 얘기를 읽었던 적이 있던 것 같았어요. 바
로 며칠 전까지 여러 가지 일로 무리한데다 여행의 피로까지 겹
쳤을 테니까 빨리 들어가 쉬어야 한다면서요.

우리는 편의점에 가서 달콤한 과자류를 잔뜩 샀어요. 메론
빵이랑 홋카이도 딸기 초콜릿, 그리고 다른 작은 군것질 거리들
을요. 편의점에서 파는 100엔짜리 일본 과자들이 무척 마음에
들었거든요. 바스락거리는 비닐봉지를 뜯어 이것저것 번갈아
먹으며 TV를 보면서 저녁 시간을 보냈어요. 해리와 딸기, 저는
조촐한 가족처럼, 일본의 예쁘다는 아가씨들이 기차를 타고 가
다가 별 볼일 없는 남자에게 한 명씩 딱지를 맞는 내용의 프로그
램을 보면서 웃기도 했지요.

그리고 며칠 후 하룻밤 머물게 될 홋카이도 노보리베쓰의 온

천 여관에 전화로 예약을 했어요. 그런데 예약 담당자의 일본식 영어는 몹시 알아듣기가 힘들었어요. 그는 영어로 얘기하는 것이 몹시 쑥스러운지 말을 하다말고 웃어 버리곤 했어요. 옆에 있는 동료도 같이 웃고 있는지 기차로 12시간 걸리는 상대편 전화기 너머로 쿡쿡 웃는 소리가 들렸어요. 이럴 때 세계 2위의 경제 대국인 이 나라 사람들이 갑자기 순진한 어린애가 된 것 같더라고요. 일본어를 못해서 겨우겨우 인사말을 하는 저 역시 이 사람들에게는 어린애 같았겠죠.

저는 해리의 집에 있는 『멋지다 마사루』를 보다가 감기약을 먹고 잠자리에 들었어요. 딸기는 내일 삿포로 행 기차를 예약하는 문제로 여행 책을 보면서 고민을 하는 것 같았고요.

노보리베쓰의 까마귀

까치가 아닌 까마귀가 길조인 나라 일본에서는 매일 아침 까마귀 울음소리로
하루를 시작한다.

 까아악 까아악

일본의 아침은, 까마귀 울음소리로 시작돼요. 한국 사람이라면 틀림없이 불길한 일이 일어날 것 같은 하루가 시작되었다고 생각하겠죠. 그런데 일본 사람들은 까마귀는 길조라고 생각해요. 엄청난 문화적 차이를 느낄 수 있죠.

요코하마의 한 주택가에 위치한 해리의 집 근처에는 까마귀가 많은 편이었어요. 그래서 우리들은 항상 까마귀 우는 소리에 눈을 떴어요. 집 앞 가로수 위에도, 하늘에도, 근처 공원에도 까마귀는 어디에서나 쉽게 찾아 볼 수 있거든요. 서울의 비둘기나 까치처럼 보도 위를 아장아장 걸어 다니는 모습을 볼 순 없었지만요.

공원을 근거지로 하는 까마귀들은 주로 쓰레기봉투를 뒤져 그 속의 내용물을 먹고 살았어요. 일본에는 동네의 지정된 장소에만 쓰레기봉투를 버려야 하기 때문에 아침이면 그 자리에는 어김없이 무시무시한 쓰레기 더미들이 쌓여 있어요. 도시에 사는 까마귀들에게는 더없이 손쉬운 먹잇감이죠. 이 까마귀들을 막기 위해 시에서는 쓰레기봉투 위에 그물망을 씌워 두더라고요.

그래선지 까마귀들은 좀더 대담하게 사람들의 손에 든 빵을 자신들의 먹잇감인냥 쉽게 채 간다고 하더라고요. 이 얘기를 듣고 나자 칠흑같이 까만 몸과 깊이를 모를 어두운 눈을 볼 때마다 무섭긴 했지만, 그것도 여행지의 낭만이라 생각했던 모양인지 우리는 언제나 까마귀를 올려다보곤 했어요.

일본은 임진왜란 때 까치를 들여왔지만 아쉽게도 처음 들여온 그 지역에만 살고 있대요. 까치는 텃세가 심해 이동이 활발하지 않기 때문에 일본 전역으로 퍼지지 않는다고 해요. 그에 비해 까마귀는 행동반경도 넓고 이동도 많이 하는 편이라 일본이라면 어디서든 많이 볼 수 있답니다.

까치가 아니라 까마귀가 길조인 나라, 개보다는 고양이가 더 자유로운 나라, 한국 사람들과 외형적으로 비슷해 보이는 일본 사람들에게 친밀감이 느껴지기 보다는 이런저런 과장된 오해를 하는 것은 어쩌면 당연한 일인지도 모르겠어요. 아마도 외모가 닮아서 더 이해할 수 없는 걸지도 모르겠어요.

우리는 산케이엔에 가기로 했어요. 날씨가 궂어서인지 몸이 아파서인지 말이 좀 없었어요. 딸기에게는 조금 미안했죠. 여행에서 몸이 아픈 동행자는 무거운 짐처럼 부담스러우니까요. 딸기는 지난 여름에 일본에 다녀온 후 산케이엔 이야기를 많이 했어요. 그곳에서라면 하루 종일 앉아 있어도 지루하지 않을 거라고요. 저는 일본식 정원에 가는 것을 몹시 고대하고 있었기 때문에 이렇게 안 좋은 몸과 마음의 상태가 몹시 원망스러웠죠.

산케이엔에 들어서면 낮은 산봉우리에 정자가 서 있는 것이 눈에 들어오고 넓은 호수에는 나룻배가 한 척 쓸쓸히 걸려 있어요. 까마귀들이 집을 지은 빽빽한 나무들과 연회장으로 쓰였던 커다란 집, 몇 개인가의 정자를 지나고 외원을 가로질러 곧바로

산케이엔 호수에 떠 있는 배.
사람이 탈 수는 없다.

산케이의 집 전경

내원으로 들어갔어요. 내원으로 들어가는 문 옆에 'このもんは きょうとにあるふるいおてらからもってきたもの. 이 문은 교토에 있는 오래된 절에서 가져온 것.'이라는 내용의 표찰이 붙어 있었어요.

꼬불꼬불한 오솔길을 따라 가면 큰 연못이 나오고 그 연못가에 걸쳐 어두운 나무로 지은 산케이가 살던 집이 보였어요. 이 집은 제가 지금까지 보아 온 것들 중에 가장 아름다운 집이었죠. 격자 창문의 창호지 위로 아른아른 비쳐 오는 연못의 물무늬와 빛과 그림자가 겹겹이 들어선 내부, 이제는 아무도 지나다니지 않는 복도, 흩어지는 분홍색 사쿠라가 그려진 커다란 미닫이로 구획된 다다미방 건너편으로는 오랜 세월동안의 어두움이 쌓여 있고, 전통식 방의 한 벽에는 입구가 화려하게 장식된 작은 계단도 보였어요. 오후가 깊어지면서 구름이 다 지나가고 비스듬한 햇살이 비추기 시작했어요. 이 집에 살던 사람들은 말이 없었을 것 같았어요. 발걸음에도 소리가 없었을 것 같은 고요함이 느껴지더라고요. 밝은 곳에서 잠시 존재하다가 저편의 어두움 속으로 기척 없이 사라져 갔을 것 같은…. 딸기와 저는 한참 동안 곁에 앉아 집을 바라보았어요.

집 뒤로 이어지는 오솔길을 따라 가면 산케이 부인의 집이 있고, 시냇물 옆으로 놓여진 돌계단으로 올라가면 산케이의 동생이 차를 마셨던 오두막이 보여요. 산케이엔의 내원에는 이런 차를 마시는 오두막집만 해도 여남은 개가 더 있더라고요. 산케

산케이의 집 내부
산케이엔三溪園은 미술 애호가였던 실업
가 原 三溪에 의해 17.5 만m²의 대지 위
에 만들어진 대규모 일본식 정원으로
1907년부터 일반인들에게 공개되었다.
사계절의 자연풍경과 교토와 가마쿠라
鎌倉 등에서 옮겨 놓은 역사적 건축물과
의 조화를 이루고 있으며 국가지정 중요
문화재가 10 동棟, 시 지정 중요문화재
가 3동이 있다.

이의 집 내부를 구경하는 동안 우리는 그 웅장함에 조금씩 지쳐 가고 있었어요. 내부가 아름답고 감탄스럽기는 했지만요.

"어째서 이 사람은 이렇게 부자였을까? 사람이 이렇게 부자여도 되는 것일까? 이 사람은 이 집을 짓고 얼마 후에 죽었을까? 날마다 여기 살면서 가끔은 지겨웠을까?"

외원의 호수 옆에 있는 벤치에 앉아 우리는 서로에게 물었어요. 저는, 저기 하인들이 살던 집에라도 방 한 칸을 얻는다면 더없이 행복할 것이라고 말했어요. 하인들의 집도 무척 크고 좋았

거든요. 저는 박물관에서 보았던 사진 속 산케이 상의 미소를
떠올려 보았어요. 그 사람은 무척 만족스러워 보였거든요. 사
실 저는 좀 혼란스러웠어요.

산케이 가족들이 이곳을 국가에 헌납한 이후 사실 현재의 산
케이엔은 누구의 집도 아니지만, 여기가 살찐 고양이들의 편안
한 집인 것은 분명한 것 같더라고요. 일본의 고양이들은 햇빛이
잘 드는 곳이면 어디에서나 게으른 다리를 쭉 펴고 낮잠을 자곤
했어요. 이유는 잘 모르지만 일본에는 고양이들이 굉장히 많기
도 한 때문일 거라 생각하고 그냥 지나쳤어요. 이 고양이들은
고양이다운 미묘함 대신 심술궂은 얼굴을 하고 있어서 고양이
를 관찰하고 있는 우리들은 자꾸 웃음이 나왔지요. 산케이 집의
매끄러운 복도 위를 심드렁한 표정의 고양이가 걸어 들어가는
것을 상상해 보세요. 그 고양이가 무척 만족스러운 표정을 짓고
있더라고요. 돌과 나무들, 호수와 오두막들, 도쿄에서 가져 왔
다는 오래된 절의 문과, 가장 뛰어난 화가의 그림들, 한 사람의
삶이 감당해 낼 수 없을 이 모
든 부의 결실이 결국 고양
이늘에게로 놀아가는 것
이라고 생각하니, 우스
꽝스러우면서도 한편으
로는 꽤 만족스런 미소를
지을 수 있더라고요. 사촌

이 땅을 사면 배가 아프잖아요. 아시죠?

해리의 집으로 돌아올 때쯤에는 날이 많이 쌀쌀해져서 버스 정류장에 서 있는 것조차 힘들었어요. 그래서 우리는 한국에 두고 온 온돌방에 대한 얘기를 나누었어요. 여러분을 포함한 우리 모두가, 따뜻하게 지내기 위해 얼마나 신경을 쓰는지, 이중창과 보일러, 오리털 파카와 전기난로 같은 것으로요. 우리는 그것들을 얼마나 당연하게 받아들이는지에 대해서도 생각했어요.

단열재와 보일러에 대해 이렇게 열정적으로 얘기하게 되리라곤 생각지 못했거든요. 온돌방은 정말이지 위대한 발명품인 것 같아요. 우리가 그것을 가지고 일본으로 들어온다면, 삼국시대 문화를 전파한 이후, 다시 한 번 이 나라의 영웅이 될 텐데. 왜 아무도 보일러를 일본에 전파하여 부자가 되려고 하지 않는 것일까요? 어쩌면 일본 사람들은 근본적으로, 유전적으로, 체질적으로 추위에 대한 감각이 우리와 다를지도 모르죠.

잠시 상상을 하며 우리는 오랫동안 기다렸는데도 버스는 오지 않았어요. 해가 지는 하늘을 배경으로 전봇대들이 서 있고 차가 많지 않은 건널목에 신호등이 노랗게 깜빡거렸어요. 시장 바구니를 앞에 실은 아주머니가 자전거를 타고 지나가면 네발자전거를 타고 있는 어린 아이가 그 뒤를 따랐어요. 윤기 나는 과일 나무 아래 벤치가 있고 그곳에 앉아 있는 노인이 지나가는 경찰관과 웃으며 이야기를 나누기도 했고요.

옆에서 추위에 떨고 있는 딸기의 어깨가 움츠려 지는 것이 느껴졌어요. 어쩐지 이 풍경을 잊을 수 없을 것 같았어요. 제가 어렸을 때 살던 동네의 모습 같기도 하고, 어떤 영화나 그림에서 본 것 같기도 하고, 작은 동네를 생각할 때 제가 상상해 보는 광경과 닮아 있는 것 같기도 했어요. 평화로운 작은 마을을 아느냐고 누가 묻는다면, 이곳을 다녀간 이후에는 지금의 모습을 떠올려야겠다고 생각했죠.

 # 여행지에서 만난 동물들

일본에서 가장 많이 본 동물들은 커다란 까마귀, 큰 얼굴의 고양이에요. 꼬리가 짧고 덩치가 좋은 재패니즈 밥테일들을 조심하세요. 그 녀석들은 눈에 띄기만 하면 곧장 달려와서 "아아앙" 하는 소리를 내며 여러분 다리에 털썩 주저앉아 눈빛으로 공격을 할걸요. 그래서 공원마다 "ねこにえさをやらないでください. 고양이에게 먹을 것을 주지 마세요." 라는 표지판이 있어요.

일본의 2월은 아직 포근한 날씨는 아니지만 벌써부터 봄바람이 불고 봄볕에 데워지고 있는 중이었어요. 그래서 해가 드는 따뜻한 곳이면 어김없이 그 자리엔 고양이들이 늘어져 이리저리 뒹굴고 있더라고요.

저 역시 고양이를 키우는 사람이라 고양이들만 보면 손을 흔들어 인사하고 눈을 맞추곤 했지만 이 녀석들은 언제나 '마이 페이스'인 것인지, 어떤 땐 조금의 미동도 없어요. 고양이의 매력이지만요, 젠장!

일본에서도 역시 개를 많이 기르지만 공원에 가야 볼 수 있어요. 보통은 주인이 있고 산책 끈에 묶여 산책을 하거든요. 동네 공원에 가면 산책하는 강아지 주인들은, 손에 개똥 수거용 비닐을 들고 있어요. 길에서 쉽게 목줄이 풀린 개들과 만날 가능성은 거의 없죠. 우리나라와는 조금 다른 모습이에요.

치실을 가지고 치통을 해결해 보려던 저는 그 방법이 정말 우스운 발상이었다는 것을 알게 되었어요. 추운 저녁을 보내고 나자 잇몸의 통증은 턱과 광대뼈까지 퍼졌고 밤에는 오른쪽 얼굴 전체와 머리까지 아픈 지경이 되었어요.

우리는 내일 홋카이도에 가야 하는데 과연 일정을 진행할 수 있을지 혹시 치통이 더 심해질까 겁이 났어요. 그래도 딸기에게는 말할 수가 없었어요. 온천 여관과 기차표도 이미 예약을 해둔데다, 딸기는 홋카이도에 가고 싶어서 일본 여행을 온 것이나 다름없었다는 것을 알고 있었거든요. 제 표정이 당연히 어두워 보였을 거예요.

해리와 딸기가 저에게 조심스럽게 대하기 시작했어요. 저는 한국에서 이비인후과 의사를 하고 계신 친구의 아버지에게 전화를 걸었어요. 그런데 신호만 울리고 받지 않더라고요. 급한 환자가 있는지도 모르죠. 저는 아플 때는 혼자 있는 것이 좋을 것 같다는 생가이 들어 『멋지다 마시루』를 들고 일찌감치 다락빙으로 올라갔어요. 아니면 삼산 친구늘의 눈에 띄지 않는 곳으로 피하고 싶었어요. 제 몸 전체가 당황스러운 혹 같이 느껴졌거는요.

낮은 천장과 히터로 데워져서 후끈거리는 공기 때문에 저는 이 집이 답답해졌어요. 여기선 모든 것이 작고 좁아서 폐소공포

증을 일으킨다, 너무 아파서 큰 소리를 지르고 싶다, 고 일기장
에 적었어요. 어떤 어두운 그림자가 저에게 드리워진 것 같다고
도 적었어요. 몸이 무척 아팠거든요.

할 수 있는 일은 이곳을 떠나는 것 뿐이라고 생각했는데 이
것마저 이토록 힘들다니. 이렇게 아플 때는, 모든 아름다움이
멀고, 다정함, 친절함은 손에 잘 와 닿지 않는 차가운 별 같이
느껴졌었죠. 산케이란 사람은, 그 아름다운 창호지와 창, 쓸쓸
한 물가, 물고기 모양의 풍경이 달린 오두막, 걷고 있다 보면 다
리가 아파지는 땅을 제 것으로 느낄 수 있었는데…. 하루 종일
일하고 밤에 들어가 누구하고도 얘기하지 않고 쉴 수 있는 작은
방 하나를 얻는 것은 지금 저에겐 왜 이렇게 어려울까 라는 생각
마저 들었어요.

어머니가 별 것도 아닌 일에 그렇게 화를 냈던 것은 그 집에
제가 함께 살게 된 것이 못마땅했기 때문이라는 생각이 들었어
요. 저의 생각은 조금씩 좋지 않은 일들의 꼬리를 물며 깊어져
갔죠. 혼자 잠시 분하다는 생각이 들어 화를 내 보기도 했어요.
주변 사람들이 미워지기 시작했거든요.

다음날 아침, 서울에 계신 친구의 아버지와 전화 통화가 되
었어요. 그분은 간단하게, 병원에 가야 한다, 고 말하시더라고
요. 급성 축농증인 것 같은데, 잘못하면 열도 많이 나고 입원해
야 할지도 모른다고 겁을 주면서요.

딸기와 저는, 우리가 공항에서 '단지 귀찮다는 이유로' 보험에 가입하지 않은 것을 후회하기 시작했어요. 혹시 누구한테 설명해야 할지 모르니까, 축농증蓄膿症, 항생제抗生劑, 이비인후과耳鼻咽喉科 등의 단어를 일본식 한문(칸지)으로 찾아 수첩에 적은 다음, 짐을 꾸려 집을 나섰어요. 어떻게 해야 할지 알게 되어 마음이 조금은 가벼워졌거든요.

딸기__왜 병원에 가야 한다는 생각을 못했을까?

난다__어디가 아픈지도 정확히 몰랐잖아, 치과에 갈 뻔 했으면서!

딸기__일본같이 물가가 비싼 곳에서 병원에 가게 될 줄은 몰랐어.

난다__어쨌든 앞으로는 보험에 꼭 들어야겠어. 주변 사람들한테도 다
　　　말해 주자.

딸기__그래도 병원에 갔다 오면 이제 다 괜찮을 거야, 그지?

난다__그럼, 다 괜찮을 거야.

신요코하마에 있는 관광 안내소에선 다행히 영어를 잘 하는 남자 분이 우리를 도와주었어요. 그는 몇 번씩이나 크게 동정과 공감을 표했고, 안타깝게도 신요코하마 역 근처에서 영어로 진료하는 의사가 출장 중이니 다른 곳에서 알아 봐 주겠다고 했어요. 얼 동 이상의 전화를 걸고, "すみません. すみません. 미안합니다."를 스무 번 이상 인사를 한 끝에 그는 요코하마 역 근처의 한 병원을 예약해 주었어요. 우리는 그분이 너무 고마워서 홋카이도에서 돌아오는 길에 꼭 초콜릿이라도 사다 드리자고 마음먹었어요. 이후에는 모두 잊어버리게 되었지만요.

병원의 문을 열자 예닐곱 명 가량의 사람들이 한꺼번에 우리를 쳐다보았어요. 대기실이 아주 작아서 모두 무릎을 세우고 나란히 앉아 있더라고요. 간호사들은 불안한 얼굴로 저를 보았어요. 아마 영어를 해야 하기 때문이겠지요. "보험은 있는지, 어디가 아픈지, 양식을 작성해 달라."는 등의 이야기를 영어로 하는 동안 언니의 통통한 뺨이 분홍색으로 물들었어요.

대기실의 사람들은 잡지의 책장을 넘기면서도 조용히 이쪽 대화에 귀를 기울이고 있었죠. 우리는 겨우 한쪽 구석에 끼어 앉아 기다렸어요. 딸기는 긴장이 된다며 허리를 세우고 똑바로 앉아 있었고요. 저는 진료비가 얼마나 나올지 걱정스러운 얼굴을 한 채 병원에 막 들어온 단정한 부인이 자리가 없어서 핸드백을 손에 든 채 한 쪽 구석에 서 있는 것을 보고 있었어요. 진료를 마치고 나가는 초등학생 남자 아이는 한 겨울에 면 반바지와 맨

발의 샌들 차림이라 놀라지 않을 수 없었어요. 저는 속으로 그러니까 병원에 오는 거지 하며 조금은 우스웠어요. 일본의 병원 풍경은 환자들이 많은 반면에 비현실적으로 조용하다는 것이 또 하나 눈에 띄는 모습이었어요. 우리나라라면 상상할 수 있는 풍경일까요?

오랫동안 기다려서 만난 의사는 침착하고 주의 깊은 사람이었어요. 어디가, 어떻게, 언제부터 아픈지, 지금부터 홋카이도에 갈 예정인데 괜찮을지 하는 걱정까지 메모 해 가면서 듣더니, 저의 몸 상태를 보면서 잠시 생각을 하더라고요.

"실례합니다(excuse me)."

이렇게 양해를 구하며 진찰을 합니다. 조심스럽게 콧구멍이랑 입술을 뒤집어 들여다보더라고요. 석션도 조심조심 하고. 그리고 홋카이도에는 무엇을 타고 가느냐고 물었죠.

"기차(train)."라고 했더니 기차는 괜찮지만 비행기는 안 된다고 몇 번이나 확인하더라고요. 홋카이도에 가면 어느 곳을 방문할 에정인지 묻고는, 제가 가는 도시의 이름을 순시대로 쩍으며 화살표로 연결하더라고요. 조금은 의아한 모습이었어요.

노보리베쓰는 온천 때문에 가는 것이냐고 묻고는 온천이라고 옆에 적어 넣더라고요. 저는 이 모든 과정에서 웃음이 나올 것 같은데 의사의 진지한 표정을 보며 참을 수밖에 없었어요. 의사는 제 증상을 급성부비동염急性副鼻腔炎이라고 하며, 우측

코 아래에서 감염이 되어 잇몸이랑 광대뼈까지 퍼진 것 같다고 했지요. 일주일쯤 약을 먹으면 나을 것이니 그때까지는 비행기를 타지 않는 것이 좋겠다고 하더라고요. 혹시 홋카이도에서 문제가 더 심해지면 병원에 가야 할 테니까, 그쪽 병원에 가서 보여 주라고 병명을 포스트잇에 적어 주었어요.

의사가 진찰을 하는 사이 간호사들은 건너편에서 수군거리며 이쪽을 응시하고 있었어요. 제가 진료실을 나오자 의사가 뭐라고 하는 소리가 들리더니 간호사 한 명이 입에 웃음을 물고 나와 "すみません. 미안합니다."하면서 제 손목을 잡아끌더라고요. 통상적으로 진료가 끝난 다음에 하는 소독을 안 해 준 모양이에요. 간호사는 기계 앞에 저를 앉히고는 "음, 음." 말을 고르다가 손가락으로 기계를 가리키며, "스타토… 에에…피니쉬." 하고 알려 줬어요. 저는 알아들었다고 웃음으로 인사를 했어요. 몰려 서 있던 간호사들이 안도하면서 다 같이 웃음으로 대답을 하더라고요.

조금씩 치통이 사그라들기 시작했어요

대기실에 똑바로 앉아 있던 불쌍한 딸기는 제가 진료실에 들어가자 그만 긴장이 풀려 잠이 들고 말았어요. 계산을 하고 나오자 졸린 눈으로 제 팔을 붙잡으며 이제 안심이라고 몇 번이나 말을 건네더라고요.

사실 저도 그랬거든요. 우리는 홋카이도에 가서, 키처럼 쌓

홋카이도 구 도청

인 눈도 보고, 다이아몬드처럼 반짝이는 하늘도 보고, 차가운 밤에 뜨거운 물속으로 들어가는 노천 온천욕도 할 거지만, 제 코와 잇몸, 오른쪽 얼굴은 더 이상 말썽을 부리지 않을 것 같았어요. 비록 진료비와 일주일치 약을 사는 데 10만 원이나 늘었지만요.

딸기는 축하하는 의미에서 도쿄 역에서 맛있는 도시락을 사 주겠다며 성화를 부렸어요. 나중에 저는 여행을 마치고 서울에 돌아와 우연히 읽게 된 책에서 다음과 같은 구절을 발견했어요.

"궤양, 옴, 무릎 피하의 염증, 팔꿈치의 통증, 대상포진, 에

이즈, 분마성 결핵, 나병 따위에 걸린 몸으로는 비행기 여행을 할 수 있다. 그러나 감기에 걸린 몸으로는 그럴 수 없다. 감기 든 채로 비행기를 타 본 사람은 알 것이다. 비행기가 1만 피트 상공에서 갑자기 하강하면 귀에 엄청난 통증이 온다.”

『세상의 바보들에게 웃으면서 화내는 법』이라는 책에서 에코는 감기에 걸린 채 비행기에 탑승했다가 고막에 염증이 생겨 항생제를 복용하고 3주간 비행기를 타지 말라는 처방을 받았다고 씌어져 있더라고요. 염증이 다른 쪽으로 번진 것이었지만 저와 비슷한 현상이지요? 그러니까 감기에 걸린 채 비행기로 여행을 하시려면 여러분도 주의하세요.

 혼자만의 시간

책

만화책이건 소설책이건 또는 이론 서적이건 책을 읽는 것은 모든 사람들에게 혼자만의 시간을 보장해 주죠. 잠들기 전, 잠에서 깨서 무료한 새벽에 읽거나 열차 안에서 읽게 되잖아요. 여행과 관련된 책, 읽기 편하고 재미있는 책들을 가져가는 것이 제일 좋지만, 정말 안 읽히지만 꼭 읽어야 하는 책을 가져가는 것도 꽤 효율적이거든요. 물론 그럴 땐 그 책 한 권만 들고 가야겠죠. 잠이 오지 않는 밤, 잠들기 전에 읽는 것도 꽤 효과적이에요.

지금 일본에서 연재하고 있는 만화를 가볍게 읽고 가면 일본을 이해하는데 꽤 도움이 되기도 해요. 딸기가 홋카이도에 가기 전에 읽었던 만화책인 사사키 노리코의 『닥터 스쿠르』는 포플러 나무 길을 헤매다 클라크관에 가게 해 주는 계기가 되기도 했어요. 같은 작가의 『헤븐』을 읽고는 홋카이도에선 털게를 꼭 먹어야 한다는 것도 알게 되었죠. 일본에서 다시 읽은 만화책으론 우스타 쿄스게의 『멋지다 마사루』, 키리코 나나난의 『스드로베리 쇼트케이크』를 읽었어요. 친구가 가지고 있었기 때문에 가능했던 거죠.

수집가가 아니라면 일본에서 일본어로 된 책을 사는 것은 좀 참았다 하세요. 일본은 책값이 비싸고 책은 가지고 다니기 무거운 짐밖에 되지 않거든요. 고서점(우리나라의 헌책방)에서 파는 책들도 싼 것만은 아니어서, 번역본이 우리나라에 있다면 그걸 추천하고 싶어요. 물론, 대단한 팬이거나 마니아라면, 다른 문제지만.

홋카이도에 가실 거라면 싫어도 무라카미 하루키의 『양을 쫓는 모험』과 『세계의 끝과 하드보일드 원더랜드』를 읽어 보세요. 읽었다면 꼭 아오모리青森에서 야간열차를 타시고요. 터널을 지나기 전까진 잠들지 마세요. 직항은 절대 추천하지 않겠어요.

음악

여행 중에 음악이 필요한 이유는? 혹시 다른 사람들과 대화하지 않으려고? 물론 방해받고 싶지 않은 여행이라면 항상 헤드폰을 끼고 다니는 것도 좋은 방법인 것 같아요. 둘이 가는 여행에서 각자 다른 음악을 듣는 것은 혼자만의 시간을 가지도록 하는 가장 간편하고 부드러운 방법이에요. 누구에게나 혼자만의 시간과 감정, 생각이 필요하니까 무겁지 않다면 각자 플레이어를 가져가는 것이 좋아요. 물론 같은 음악을 듣고 같은 생각을 하는 시간도 꼭 필요하죠. 아, 꼭 잠을 자야 하는 야간열차나 야간버스 같은 원거리 이동에 정말 도움이 된답니다. 코고는 아저씨들 한 두 명은 꼭 타고 있거든요. 우리들은 신나게 즐기고 싶을 때 비틀즈를 듣고 잠잘 땐 재즈 컬렉션을, 해파리가 되고 싶을 땐 휘시만즈를 들었어요.

03
나를 쫓는 모험

매캐한 담배 연기에 사나운 마음이 되어 눈을 치켜뜬 곳은, 서울의 제 침대 위도, 2호선 열차 안도 아니었어요. 뒤로 젖혀지지만 딱딱한 의자. 따뜻하지만 객차 안을 구름 속으로 만들어 놓는 스팀 난방기, 난방기와 함께 스모그를 만드는 무례한 줄담배 연기, 국적을 알 수 없는 코를 심하게 고는 여행자 아저씨, 어두운 형광등 불빛, 모든 것이 더할 나위 없이 낯설었어요.

여긴 어디쯤인지. 그래, 여긴 자정에 아오모리를 출발한 삿포로행 하마나스, 객실 안.

그리고, 나? 음, 지금은 나를 쫓는 모험 중이지.

사실 저도 '진짜 나'라는 게 있긴 한 건지, 찾을 수는 있는 건지, 제 자신의 정체성에 대해 늘 묻곤 했죠. 다만 야근을 하고 집에 돌아오는 길의 포장마차라든가, 월급날의 백화점이라든가, 상관을 설득하다 그의 방문을 닫고 돌아서는 순간이라든가, 그때만 신이 내린 것처럼 저의 존재를 감지할 뿐이니까요. 어디선가 홀연히 제 몸을 방문해 주지 않을까 싶어서 나선 여행이었어요. 혹시라도 얼음 여왕이 관리하는 밭에 꽁꽁 얼어 묻혀 있기라도 한다면 다행인데, 아무래도 춥고 고생스러우면 불쌍해서 나타나 주지 않을까요? 내심 그런 생각도 하고 있었어요.

더운 열기가 가득 찼지만, 빈자리는 조금 차가운 기운이 느껴졌어요. 밖은 흰 눈이 가득한 어두운 밤이었거든요. 아랫배가 싸한 느낌이 들었지만, 좀더 참고 자려고요. 화장실은 아침에, 삿포로에 도착하면 갈 것이었어요. 덮었던 외투를 입어 보았더니 배가 조금 따뜻해지는 것 같았어요. 이내 잠이 밀려왔어요. CD 플레이어는 쌩쌩 잘도 돌아가더라고요. 귀가 조금 아프지만 코코는 소리를 듣는 것보단 이쪽이 훨씬 나아요. 여행갈 땐 꼭 CD 플레이어가 있어야 해요. mp3 플레이어였다면 더 간편해서 좋았을 테지만.

일본의 화장실

여행기간 내내 저는 배탈이 날까 무서워서 벌벌 떨고 있었어요. 일본이라는 나라는 물 상태는 양호해서 여행자들의 설사 같은 건 없는 편이에요. 하지만 저는 여행을 가기 전 서울에서부터 스트레스 때문에 매일매일 설사와 복통에 시달리고 있었거든요. 소심한 저는, 어딜 가건 항상 화장실의 위치를 눈여겨봐 두었지요. 화장실은 대부분 그림으로도 표시되고 있고 어떤 가게건 화장실이 있는 편이며, 쉽게 사용을 허락해 주기 때문에 다양한 일본의 화장실을 체험할 수 있었어요.

와(和)식이라 불리는 일본의 전통적인 화장실은 쪼그리고 앉는, 우리에게도 익숙한 변기였어요. 서양식 변기인 좌변기도 많이 있어요. 문제는! 물을 내리는 버튼이 과연 어디에 있는 것

인가를 찾을 수가 없는 경우가 많다는 거였어요. 변기 버튼이
좌변기 뒤에 있는 것이 아니라 오른쪽 벽에 붙어 있기도 하고 숨
어 있기도 하고 없기도 하기 때문에 잘 살펴보지 않으면 나오기
직전에 상당히 황당해져요. 우리에게 친숙한 밸브식보다는 버
튼식이 많고, 가끔은 센서만 달려 있어서 손을 좌우로 흔들어야
하는 경우도 있거든요. 그냥 문을 닫고 나오면 자동으로 물이
내려가는 경우도 있어요. 플러시 버튼이라고 영어가 없고 일본
어 가타카나로만 씌어 있는 경우에도 당황해서 아무거나 누르
기 쉽지만, 아무리 찾아도 버튼이 없는 것 같아 그냥 나왔는데
문을 닫아도 물이 내려가지 않아 다시 화장실에 들어가서 수세

버튼을 찾아야 할 때도 있었답니다.

가장 좋았던 화장실들은 북쪽의 화장실들이었어요. 혼슈의 북부에 위치한 하치노헤 역이나 아오모리 역, 홋카이도의 기차 역 변기들은 추운 날씨 탓인지 공중화장실 변기지만 아주 따뜻하게 데워져 있답니다.

나는 완두콩입니다

까다로운 공주님의 여행에선 절대 용납할 수 없는 상황이 바로 지금 벌어지고 있거든요. 모든 것이 좋지만 이불 아래의 완두콩이 저를 괴롭혀요. 언제나 저를 미치게 만드는 것은 완두콩처럼 작은 것들인가 봅니다.

열두 시간의 기차여행, 낯설지 않지만 절대 읽을 수 없는 문자들의 나라, 오지 여행, 뒤로 가는 야간열차의 스모킹 룸, 일본에 도착하자마자 환자가 되어 버린 우리들의 이 위험천만한 여행은 JR 패스로부터 시작되었어요. JR 패스는 JR에서 운영하는 열차, 버스, 배는 그냥 탈 수 있어요. 특히 신칸센을 타는 게 가장 좋아요. 외국에서 온 여행자가 JR 패스를 쓰는 게 아니라면 무척 비싸니까요. 한 사람당 일주일분의 JR 패스는 28만 원인데 도쿄에서 오사카까지 신칸센 왕복 30만 원이거든요. 그래서 우리는 가능한 한 가장 멀리 갔다가 돌아오고 싶었어요. 표면적인 이야기지만요.

그렇지만 표면적이지 않은 것은, 알 수가 없잖아요. '진짜

나' 는 언제인가부터 저와 함께 하지 않은 것 같고 가끔 접신의 형태로만 느낄 수 있었기 때문이에요. 아마도, 구식舊式으로 멀리 도망가고 싶었을 것이라고 추측할 수밖에요. 제가 멀리 도망치거나, 멀리 도망쳐 버린 저를 쫓아가거나. 꿈속의 삿포로는 점점 더 멀어져만 가는 것처럼 보이는데, 어쩐지 저는 자꾸만 뒤로 가고 있었어요. 하코다테를 지난 후로 열차는 뒤로 달렸어요. 의자는 젖혀지지만, 돌릴 수는 없었어요. 시트에서는 담배 냄새가 났죠. 조금 화가 나기 시작했어요. 이렇게 속 좁은 저는 실은 공주님이 아니라 완두콩처럼 작은 존재라는 생각이 들었어요. 애초에 공주님의 여행이 아니었던걸요.

완두콩밥처럼 달콤한

도쿄역에는 명물 삼색 도시락 800엔, 명물 도쿄 치즈 케이크 750엔, 특급열차 콜롬비아 커피 300엔, 하마나스 자동판매기 레모네이드는 아마도 150엔이었어요. 난다가 요코하마역 근처 약국에서 탄 세 가지 색깔의 약은 4,800엔 정도. 인천공항에서부터 함께한 소화제, 지사제, 진통제, 이것들은 친구에게 협찬

받았으니 공짜. 우리들은 많은 것을 먹고, 먹을 것들을 많이도 가지고 홋카이도 여행을 시작하고 있었죠.

새벽 6시, 영하 3도의 삿포로역. 홋카이도의 겨울 아침은 생각보다 춥지 않았어요. 그러나 겨울 아침의 배고픔은 예상을 넘어서는 것이었죠. 우리들은 내리자마자 먹을 걸 찾기 시작했어요. 역에서 나와 아무도 없는 거리를 헤매야 했거든요. 혹한이 익숙한 삿포로 사람들은 일찍 일어나 출근하지 않는 모양이에요. 허기진 배를 안고 걷고 또 걸어, 벌써 7시, 영상으로 올라가기 직전이지만 중심가로 보이는 대로에는 사람이라고는 찾아볼 수 없었어요. 아~ 마음 편한 사람들. 부럽습니다, 부러워요.

도쿄와는 달리 문을 연 카페도 식당도 보이지 않더라고요. 물론 꿈의 요시노야吉野屋(요시노야는 24시간 영업하는 저렴한 규동 전문점)도 보이지 않았고요. 결국 편의점에서 삼각 주먹밥을 사서 역 대합실에 앉아 먹을 수밖에 없었어요. 우메보시(매실 장아찌) 주먹밥의 상큼하고 깔끔한 맛이 기어코 어떤 기억을 떠올리려 하고 있었지만, 그냥 접었어요. 우리들은 그랜드 호텔, 1층 스나벅스가 문을 여는 시간을 기다리고 있었거든요. 딱딱하고 좁은 의자에 12시간이나 갇혀 있던 우리들에게 필요한 것은 온몸이 파묻히는 소파와 푸짐한 먹을 것들이었어요. 운이 좋으면 호텔 제과점에서 비싼 초콜릿을 맛볼 수도 있을 거예요.

우리들은 스타벅스에 앉아 또 먹었어요. 밤새 그렇게 많은 것들을 기차를 바꿔탈 때마다 먹고, 기차에서 내리자마자 삼각 김밥을 먹었는데, 스타벅스에 오자마자 뜨거운 홍차와 함께 샌드위치를 먹었지요. 우리들은 달콤한 것을 좋아하거든요. 저는 일본에 도착한 첫날부터 감자 크로켓이니 녹차 초콜릿 같은 것들을 사재기 시작했고요, 난다는 삿포로 역에 도착하자마자 오미야게 가게에 파는 초콜릿부터 노렸을 정도였어요. "난다, 이건 우리가 먹을 게 아니라 친구들에게 줘야하는 거라구. 돌아갈 때 사자." 하고 말렸지만 실은 우리는, 나중에 오타루에 가게 되었을 때 해리에게 줄 생초콜릿을 반은 먹어 버린 채로 가져가고 말았어요.

스타벅스 통유리 너머로 눈이 내렸어요. 깃털처럼 커다랗고 가벼운 눈송이들이 천사처럼 하늘하늘 지상으로 내려오고 있었죠. 뭐야, 추운 겨울의 다이아몬드 더스트도, 뭉치지 않는 싸락눈도 다 거짓말이고 관광 상품인 거야? 이렇게 되고보니 나약한 우리들의 혹한 체험 여행은 어설픈 식도락 여행이 되고만 듯했어요.

소파 속으로 빠져 들다 보니 이내 정신이 혼미해졌어요. 그래도 여전히 배는 아파요. 호텔 화장실에 다녀오겠다는 난다는 15분째 돌아오지 않고, 머릿속에는 어쩐지 어렸을 때부터 버림받은 기억만 가득했어요. 혼자 두고 가 버린 건 아닐까, 이런 생각에 식은땀이 나고 배는 쥐어짜는 듯 아프기만 했어요. 인도와 차도 사이, 눈으로 만든 바리케이드 사이로 사람들이 느긋하게 오고 가는데, 난다는 오래도록 돌아오지 않을 것만 같았거든요.

시간은 저의 외부에서만 느리게 흘러가는 것 같았어요. 속도의 기준은 시간인데, 혼자서만 재빠르게 회전하던 머릿속이 그만, 복잡해지고 말았어요.

완두콩처럼 데굴데굴

우리는 가지고 온 여행 책자에 모두 소개된 삿포로 명물 라멘을 먹기로 했어요. 호기롭게 들어갔지만, 아무래도 돼지 뼈 우린 국물에 말아 주는 면은 생각만 해도 화장실로 달려가고 싶어졌어요. 여러분들도 조심해야 해요. 라멘집 주인들은 이 돼지 뼈 라멘을 소개할 땐 꼭, '중국 사람이라면 좋아해도 한국 사람들은 못 먹을 텐데. ちゅうごくじんならすきだけどかんこくじんはたべられないとおもうけど(どんこつラーメンのばあい).'라고 하거든요. 이 말에 자존심이 상하더라도 꾹 참으세요. 정말로 쉽게 먹을 수 있는 게 아니거든요. 우리들은 적당히 타협하기로 했어요. 닭 육수 라멘 하나와 생강초절임 덮밥 하나를 주문했어요. 다행히도 라멘이 밥보다 맛있었어요. 난다는 생강초절임을 거의 먹지 못할 정도였죠. 그렇다고 해서 돼지 뼈 육수 라멘을 먹을 생각이 생긴 건 절대 아니에요. 돼지 뼈 육수 라멘엔 생강초절임을 엄청 넣어도 먹을 수 없을 정도로 느끼했거든요.

　배도 부르고 해서 우리들은 홋카이도 대학 부속 식물원에 데굴데굴 굴러갔어요. 삿포로 역앞은 장기판처럼 크고, 깔끔한 네모들로 이루어져 있어요. 한 블록, 두 블록, 눈의 바리케이드를 넘어 식물원에 도착. 으앗, 드디어 다리가 눈에 빠지기 시작했어요. 여긴 눈을 치워 두지 않았거든요. 시멘트 벽돌로 된 건물에 난방용 보일러 냄새가 진동하는, 무엇보다도 따뜻한 실내의 달콤한 식물원이에요. 이곳은 선사시대처럼 소박하고 새하얀.

그런데 웬 방명록! 그때 우리는 여러 가지 언어로 씌어진 방명록을 발견했어요. 귀여워라! 대부분 일본어라 읽을 수 없었지만, 간간이 한글과 영어로 된 글들도 눈에 띄었어요. 헷, 근데, 한국말로 또렷이, "제주도 여미지 식물원보다 훨씬 나빠요."라고 씌어져 있더라고요. 도대체가, 왜 대학교 부설 식물원 따위를 제주도 국립 식물원에 비교하는 거야. 잠시 제주도의 여미지 식물원을 생각해 봤어요. 크고 넓고 잘 관리되어 있거든요. 아아 너무나 당연한 거예요. 저는 그곳을 꽤 좋아해서 입장료 같은 것은 아까워하지 않고 제주도에 갈 때마다 들렀거든요. 아열대의 제주도에 있는, 한겨울에도 꽃이 피는 여미지 식물원. 여기는 하얀 눈이 무릎까지 덮이는 한대의 홋카이도 대학 부설 식물원이에요. 저는 제주도가 세상에서 가장 아름다운 곳이라고 생각했어요. 그렇게 비교할 거면 가장 좋은 곳으로만 여행 다니란 말이야. 이런 식의 비교로 기분이 나아질 리가 없잖아, 정말.

제가 다닌 대학의 온실을 떠올려 봤어요. 거기도 꽤나 달콤한 느낌이 나는 햇살이 있었거든요. 온실에서 파란 호스로 식물들에게 물을 준 적이 있었어요. 거기서 해충을 기르느라 폐를 끼치기도 했었죠. 그때의 저라면 관광객들이 온다는 것도 끔찍

홋카이도 대학 부속 식물원 내부

カマエケレウス・シルウェストリイ
園芸名：白檀（ビャクダン）
Chamaecereus silvestrii
アルゼンチン
サボテン科
マミラリア・エロンガタ・インテルテクスタ
ヤツガシラ
Colocasia esculenta

홋카이도 대학 부속 식물원
여러 종류의 식물들이 다양하게 전시되어 있다.

홋카이도 대학 부속 식물관의 솔방울
유치원생들이 견학을 온 뒤 솔방울을 종류별로 분류해 유리창에 매달아 놓았다.

하고 이런저런 말로 방명록에 다그치는 말을 남겨 둔 것을 보고
는 당황할 것이 분명해요. 다행히 이곳 사람들이 한국에 전혀 관
심이 없어서 한글로 된 여미지 식물원에 대해선 그다지 신경 쓰
지 않기를 기대할 뿐이에요.

난다는 도내의 유치원생들이 견학하고 나서 만들어 둔 솔방
울 전시에 완전히 푹 빠져서 마냥 싱글거리고 있었어요. 흠, 언
제까지냐면, 홋카이도 구舊 도청의 눈사람들을 보기 직전이었
어요. 홋카이도 구 도청은 빨간 벽돌로 된 귀여운 건물이에요.

들어가 보면 어딘가 제국주의적인 냄새가 난다고 불평할 수 있겠지만, 실제로도 그런 사람들이 지었으니까 어쩔 수 없겠지요.

아마도 삿포로나 홋카이도 내에선 가장 고풍스러울 것 같은 이 건물 안에는 계몽적인 제국주의자들의 역사를 설명하고 있는 커다란 그림들이 전시되어 있을 것만 같았어요. 마당엔 관광객들이 소원을 담아 만들어 놓은 눈사람들이 가득했어요. 처음에는 귀엽다는 생각이 들지만, 무시무시하게 많은 눈사람들이 일렬로 서 있는 모습을 보면 누구라고 대번에 섬뜩함을 느낄 게 틀림없어요. 그렇지만 이건 모두 순전히 저만의 생각이었는지, 일본(국내) 패키지 관광객들로 보이는 수십 명의 사람들이 일렬로 서서 물이 담긴 양동이를 끼고 신나게 눈사람을 만드는 데 여념이 없었어요. 가까운 오오도리大通 공원에서도 세계적인 눈 축제가 한창이고, 대영제국의 박물관처럼 거대한 눈으로 된 건축물들이 우리를 압도하고 있었지만 그래도 저는 수천 명의 작은 눈사람들이 여전히 무섭게 느껴지더라고요. 이상한 일이죠.

우리들은 조그만 콩들처럼 경쾌하게 발을 굴러 노보리베쓰로 가는 열차를 탔어요. 창 밖으로 게니디식(가본 직 없지만) 집들과 넓은 들판, 양 목장들이 슬금슬금 뒤로 물러서는 것 같이 느껴졌어요. 삿뽀로 백주의 큰 별들이 목상 가운데 여기서기 뻐 있었어요.

▲ 오오도리 공원에 위치한 눈으로 만든 대영제국의 박물관
▼ 홋카이도 구 도청 앞에 방문객들이 만들어 놓은 눈사람

“저는 이 열차의 차장인 사카모토입니다. 즐거운 여행 되세요.”

사카모토 차장님의 친절한 – 그러나 대부분 알아들을 수 없는 – 목소리를 듣고 있으니 졸음이 밀려왔어요. 담배 연기만 없으면 차에서도 잘 자는 저의 유일한 특기가 발휘되고 있는 상황이었죠. 창 밖을 바라보며 기뻐하는 난다의 모습에 제 마음이 흐릿해지고 있었어요.

기차가 빨리 달리고 있다는 생각을 하는 만큼 날도 빨리 저물어 가고 우리는 어두운 곳을 향해 가고 있었지요. 저는 『에곤 쉴레』를 읽기 시작했고, 딸기는 『기호의 제국』을 읽다가 잠이 들었어요. 어디에선가 기차를 한 번 갈아탄 것 같은데 역 이름은 기억이 잘 나지 않네요. 차창으로 눈발이 흩날리기 시작했어요.

우리는 마지막으로 아오모리라는 곳에서 기차를 갈아탔어요. 큰 소리로 떠들며 대화를 하면 안 될 것 같은 고요한 밤이었죠. 그곳에서도 계속 눈이 내리고 있었나 봐요. 건너편으로 무릎까지 쌓여 있는 눈이 보이고 가와바타 야스나리의 유명한 소설 『설국』의 배경이 되었던 이곳을 상상해 봅니다. 그때 한참 동계 올림픽이 열리고 있다고 들었지만.

아무도 눈에 띄는 사람들이 없어 실감은 나지 않았지만요. 기차가 도착했어요. 앗, 기차에는 환하게 뛰어오르고 있는 도라에몽이 그려져 있네요. 모처럼 큰 소리를 지르며 그 앞에서 기념사진도 찍었어요. 우리는 이 기차를 타고 해저 터널을 지나 밤을 지내고 새벽에 홋카이도로 들어가게 될 예정이었어요.

저는 홋카이도라는 일본말의 울림과 北海道라는 글자를 속으로 읽을 때 마음속에 떠오르는 이미지를 모두 좋아해요. 그곳은 아주 먼 곳이죠. 우리가 홋카이도에 간다고 하면 일본 사람들도 깜짝 놀랄 만큼 멀고, 서울에서 도쿄로 가는 것보다 멀었으며, 기차를 두 번이나 갈아타고 12시간 정도 걸릴 만큼 먼 곳이었어요.

덜컹거리는 기차를 타고 저는 지금 멀어지고 있답니다. 그런데 무엇으로부터? 뜨거운 전기장판이 깔린 요코하마의 작은 방으로부터? 저에게 화가 난 어머니가 있는 서울로부터?

어두운 종이를 댄 것처럼 창 밖은 온통 까만데 그 아래로 눈 내리는 가로등과 외로운 자판기만이 행성처럼 빛을 발하며 간간히 지나쳐 갔어요. 저는 아직도 눈을 뜨고 있는지 몰라 창에 대고 눈을 깜빡거려 봤어요. 저의 존재가 희미해지는 걸 보니 지금 '나라는 현상' 으로부터 멀어지고 있는지도 모르겠어요.

그때 의정부에서 오는 열차가 지하 청량리 역으로 들어가는 것처럼 기차가 슬쩍 터널로 들어섰어요. 음악을 들으며 자고 있던 딸기도 해저 터널에 들어가는 걸 보겠다고 눈을 떴는데 별달리 드라마틱한 순간이 포착되지 않아서 실망하는 눈치였어요.

약 먹을 시간이 지나서 물을 찾으러 다른 칸으로 가 봤어요. 수면등만 켜져 있는 낡은 기차 안은 학생이나 가난한 여행객으로 보이는 사람들만 조금 눈에 띌 뿐 대체로 좌석이 비어 있더라고요. 꼭 은하철도 999에서 봤던 장면 같았어요. 홋카이도 행 야간열차를 탔던 것 같아요. 다음 칸 뒤편의 출입문을 열자 축축한 바람이 훅 끼치며 우리가 달려가고 있는 모습이 눈에 들어왔어요. 그곳이 기차의 마지막이었어요. 터널 안은 벽과 바닥이 온통 물기로 흥건했으며 형광등이 촘촘히 매달려 있었어요. 여기저기 비상구가 뚫려 있어서 정전이 되는 비상시에는 바다 속으로 도망갈 수 있도록 준비를 해 둔 것일까? 우리는 신기하다는 듯이 바라봤어요. 초록색 비상구 표시가 되어 있는 통로가 여기저기에서 눈에 띄더라고요. 저는 이 신기한 광경을 함께 보려고 딸기를 불렀어요. 우리는 기차 꽁무니에 매달린 자판기에서 레모네이드를 뽑아 먹으면서 처음 보는 해저 터널의 모습을 감상했어요.

난다＿왜 이렇게 물기가 있는 걸까?

딸기＿물이 스며 들어오는 거야.

난다＿정말?

딸기＿그게 아니라 밖에는 온통 눈 천지니까 기차 바퀴에 눈이 묻어 들어와서 이렇게 된 거야.

난다＿설마. 아무래도 온도차 때문이 아닐까? 여기는 온도가 더 높을 테니까.

딸기＿치, 물론 그렇겠지.

난다＿무라카미 하루키 소설에 나오는 야미구로가 생각나는구나.

딸기＿『세계의 끝과 하드보일드 원더랜드』 말이지? 지하에 여기저기 통로가 있고, 시냇물과 폭포가 나오는….

난다＿아, 야미구로가 나올 거 같아. 무서워. 이 칸만 갑자기 떨어져서 해저터널에 남게 되면 어떻게 해? 핸드폰도 없는데. 돌아가자.

우리는 갑자기 무서운 생각이 들어 다시 자리로 돌아왔어요. 정말 무라카미 하루키도 홋카이도 행 야간열차를 탔던 걸까요? 이 기차를 타고 있으면, 정말, 망망한 우주로 가고 있는 것 같은 느낌과 축축한 세계의 끝으로 향하고 있는 것은 생각이 들더라고요. 무시무시한 경험이었어요.

딸기＿도라에몽 기차

아오모리에서 삿포로까지 가는 야간열차 하나마스에는 도라에몽 그림이 있어요. 우리들은 신요코하마에서 도쿄까지, 다시 도쿄에서 하치노헤까지, 하치노헤에서 아오모리까지 밤늦도록

삿포로행 야간열차

이어진 기차 여행에 지친 몸을 이끌고, 삼포로 가는 구름처럼 삿포로로 향하는 기차에 올랐어요.

삿포로 가는 야간 기차인 하나마스는 거의 자정 즈음에 출발하여 아침 일찍 삿포로에 도착하는 열차라서 우리들이 이전에 탔던 신칸센이나 특급열차와는 달리 침대칸도 따로 있고 카펫 카도 있다는 소문이 있더라고요. 확인은 못했지만요. 우리들의 일본어 실력이 부족해서인지 미도리노 마도구치의 열차 직원은 그런 칸은 따로 구분되어 있지 않다고 하더라고요. 리클라이닝 시트(일본의 신칸센 및 열차들은 뒤로 많이 젖혀지지 않았어요. 조금 불편하기도 하고 덕분에 조금 편하기도 했지만요.)도 있다니 얼마나 대단하게 생겼을까, 난다는 모르겠지만 저는 조금 흥분되었어요.

얼마나 멋진 야간열차의 모습을 하고 있을까, 코는 오뚝하고 눈은 길게 옆으로 늘어진 날렵한 얼굴의 열차를 생각하고 승강장으로 나갔어요. 그런데 이런, 야간열차는 어디 가고 도라에몽 기차가 자리를 잡고 있는 겁니다. 헉, 설마, 네 맞아요, 도라에몽 기차가 바로 야간열차 하마나스였어요.

조금 놀랐지만 또 기대를 하기 시작했죠, 기차의 내부가 도라에몽의 무엇이든 나오는 주머니 속처럼 순식간에 나를 놀래줄 거야. 아아 놀랬죠, 도라에몽 기차의 내부는 은하철도 999의 실내와 거의 같았거든요. 리클라이닝 시트만 빼면요.

우리들은 여행 책자에 나온 대로 수면을 취하기에 편하다는 리클라이닝 시트가 있는 칸을 타긴 했는데 커뮤니케이션의 문제였는지, 리클라이닝 시트가 있는 칸은 원래 그런 건지는 모르겠지만 다들 담배를 피우고 있는 것이었어요.

이런 상황이 기가 막혔지만 어쩌겠습니까, 그저 우리는 착하게도 지정석에 붙어 앉아 음악을 들으며 잠을 청할 수밖에요. 하지만 곧 자정이 지나자 뒷자리의 사납게 생긴 청년이 무척 심하게 코를 골며 잠든 거예요. 덕분에 잠이 깬 앞자리의 아저씨는 연신 줄담배를 피워대기 시작했죠. 게다가 어찌나 실내 온도가 높던지 견디다 못한 저는 난다를 과감히 버리고 다른 자리로 가서 잠을 청했어요. 그리고 서울의 꿈을 꾸었어요. 서울에서 지하철을 타고 가다 잠들어 버리는 꿈을….

**딸기__흡연석과 흡연문화

일본은 맥주뿐 아니라 담배도 사랑하는 나라입니다. 우리들은 신칸센이 지정석과 자유석, 그린카로만 나뉘는 것이 아니라, 각각이 흡연석과 금연석으로 나뉜다는 것에 놀랐어요. 좌석이 없으면 어쩔 수없이 흡연석/자유석에 가게 되는 경우가 있어요. 아무리 봐도 담배 연기는 어디로도 빠지지 않아 보이는데, 느긋하게들 담배를 피우고 있더라고요.

우리들은 노보리베쓰에서 오전에 삿포로로 가는 길에 좌석을 예약하지 않고 자유석을 탔는데, 눈축제 기간인 삿포로 가는 승객이 하코다테에서부터 꽉 차서 오는 열차를 타게 되었어요. 운 나쁘게도 하필 흡연석/자유석에서 꽉 끼어서 더 이상 움직일 수 없었죠. 서 있기도 불편할 정도로 사람들이 많았는데, 흡연석에 익숙한 일본인 관광객들은 비록 입석으로 가고 있지만 여유롭게 담배를 빼어 물더군요. 좌석에 붙은 재떨이에 재를 터는 일에도 조금도 망설임이 없었어요. 음, 이런데 문화적 충격이란 말을 써야겠죠?

일본의 JR역엔 실내에 천장이 없는 흡연구역이 있어요. 물론 담배 연기를 가려 주는 흡연 구역이 아니라, 담배꽁초를 모으는 기능을 하는 재떨이가 있는 흡연 구역이 아닌가 싶었죠. 정말 많은 사람들이 담배를 피우더라고요. 많은 여학생들이 담배를 피워요. 담배 자판기는 음료수 자판기, 맥주 자판기만큼이나 자주 보였고요. 이 나라는 흡연자의 천국이에요.

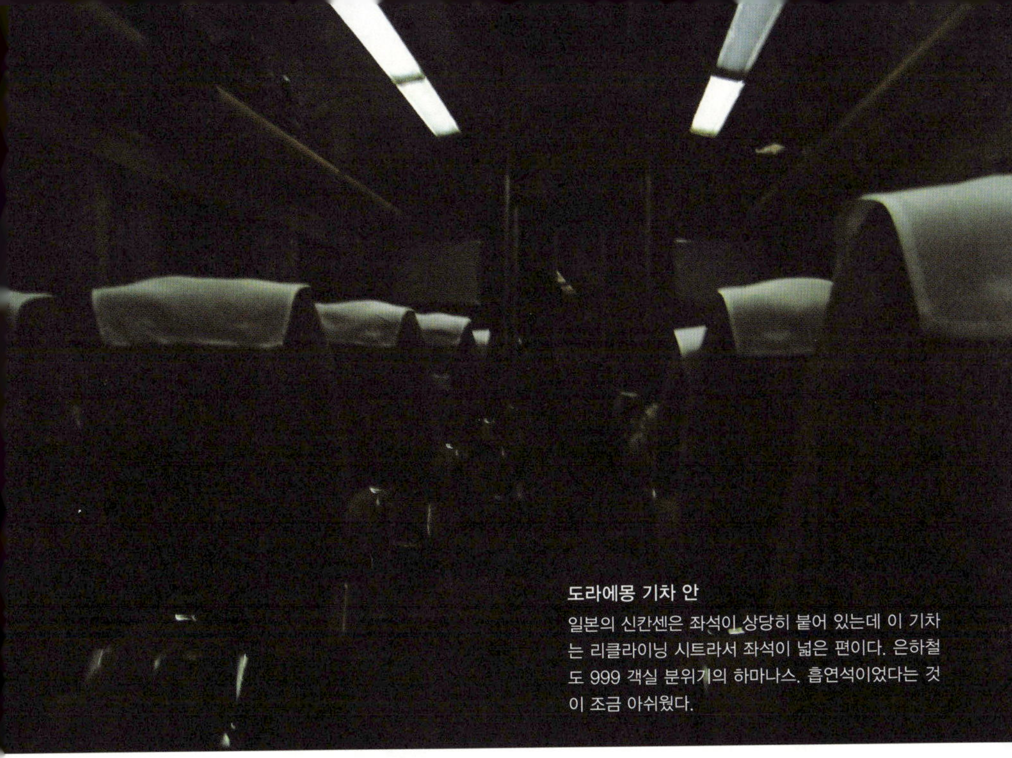

도라에몽 기차 안
일본의 신칸센은 좌석이 상당히 붙어 있는데 이 기차
는 리클라이닝 시트라서 좌석이 넓은 편이다. 은하철
도 999 객실 분위기의 하마나스. 흡연석이었다는 것
이 조금 아쉬웠다.

신주쿠의 커다란 맥도날드에는 담배 연기로 실내가 뿌옇게
흐려져 있었어요. 패스트 푸드점에서도 여학생들이 담배를 피
우거든요. 뭐라고 하는 사람도 흰 눈을 뜨고 보는 사람도 없답
니다. 아가씨들이 담배를 펴도 괜찮은 곳이라니, 색달라 보이
기도 하고 그래서 신기하기두 했어요. 단순하게 어떤 것이 좋
나, 나쁘다, 판단힐 수 있는 일은 아니니까요.

어렸을 때, 부산으로 부모님과 기차 여행을 간 적이 있는데
아버지가 좌석에 앉은 채 담배를 피셨넌 장번이 얼핏 떠올랐어
요. 그 기차엔 흡연석/금연석 구분이 있었던 것은 아닌 것 같은
데. 그땐 아저씨라면 어디서든 다들 담배를 피웠죠. 금연 국가가

된 우리나라가 진짜로 못 참는 건 어린 것들이, 특히 '여자들이 담배 피고 있는 꼬락서니' 인 것은 아닐까 하는 생각도 들었어요.

딸기__기차여행의 필수품

도쿄에서 하치노헤로 가는 신칸센 하야테를 탔을 때의 일입니다. 우리들은 일본식 기차여행을 하겠다며 키오스크에서 오벤또(도시락)을 샀어요. 비싼 편에 속하는 이 오벤또는 기차를 타는 많은 사람들이 주저없이 준비하는 여행 필수품이에요. 모두들 오벤또와 맥주가 든 비닐봉지를 들고 기차를 기다리죠. 그때가 저녁때라면 더욱 그래요. 우리들은 오벤또와 맥주대신 우롱차를 샀어요.

좌석에 앉자마자 사람들은 오벤또를 먹더라고요. 식사가 끝나면 사들고 온 맥주를 마시기 시작해요. 특히 우리 앞에 앉았던 아저씨들은 맥주며 사케 같은 술들을 어찌나 드시던지 꽹장히 오랫동안 여행하실 것처럼 보일 정도였어요. 그런데 그분들은 술이 떨어지고 몇 십분 지나지 않아 내리시더군요. 정말이지 일본인들은 맥주를 사랑하나봅니다. 하루키가 그런 것처럼 말이에요.

차에서 내린 사람들의 손에 비닐봉지가 아직도 들려 있다면, 그건 오미야게예요. 여행을 다녀오는 사람이라면 아무리 작더라도 그 지방 토산품(오미야게)을 사서 오는 것이 예의거든요. 쉽게 말하자면 호두과자를 꼭 사와야 한다는 것이죠. 비싼 건 중요하지 않대요. 포장을 풀어 낱개의 작은 과자를 식구수대로 이웃에게 전달하는 것은 굉장히 작은 일 같지만 하지 않으면 예의가 아니라고 하네요. 호두과자 한 상자를 사서 이웃집에 3~4개 씩을 갖다 준다고 상상해 보세요. 관광지나 관광지로 가는 기차역에는 오미야게 상점으로 가득해요. 우리들도 물론 오미야게를 그냥 지나치지 않았어요. 매번 맛을 보느라 반 이상 먹어 버렸다는 것이 문제였지만.

딸기__은하철도 999를 타고 홋카이도를 만나다

메텔의 꾀임에 빠져 인조인간이 되겠다고 은하철도 999를 덜컥 타 버린 철이는 종착역에서 수많은 자신들과 대면하게 돼죠. 수많은 은하철도에서 자신과 같은 철이들과 메텔들을 말이죠. 홋카이도에 도착했을 때 저는 과연 무엇을 만날 수 있었을까요?

가끔 제 인생에 대해 생각했어요. 나는 누구의 인생의 조연인걸까, 조력자인걸까. 아무리 둘러봐도 제가 주인공이 될 것 같지도 않으니까요. 괜히 노력해 봤자 될 리 없을 테니까요. 왠지 오랫동안 그런 생각을 갖고 있었나 봐요.

하다못해 연애를 해도 항상 첫사랑의 대상이 되거나 남자애들의 통과의례를 도와주고는 쓸쓸히 추억 속으로 뒷걸음질치는 역할만 한다고 생각하고 있었으니까요. 언젠가는 떠나갈 아이

아오모리에서 삿포로로 향하는 야간열차
바깥은 도라에몽 그림이 그려져 있으며 기차
내부는 은하철도 999를 연상 시킨다.

들, 씩씩하게 키워 보내마, 그런 누나 같은 마음이었을지도, 아
니면 제가 바로 저 멀리 트루먼 쇼를 기획한 회사에서 보내진 에
이전트라고 믿었던 건지도 모르죠.

게다가 '적당한 시기'에 개입해서 '적당한 시기'에 빠져 주
겠다고 마음먹었죠. 물론 그 적당한 시기라는 건 순전히 저의
주관으로 결정해 놓고 '사나이의 삶'에 무녀의 역할을 수행하
는 데 몰입하는 거였지만 말이에요.

홋카이도에 갈 때까지만 해도 제가 원하는 건 쇼핑뿐인 줄만
알았거든요. 제 주관은 옷을 고르고 접시를 고를 때만 드러난다
고 생각했죠. 상사 앞에서도, 회사 동료 앞에서도, 교수님 앞에
서도, 애인 앞에서도 저는 어디론가 숨어 버렸으니까요. 그 어

딘가 숨어 있던 저를 만약 만나게 되는 건 교토의 전통 료칸의 다다미 위일 거라고 생각했었고, 그 외엔 당연히 가능하지 않을 거였거든요.

아침 일찍 삿포로 역에 도착해서 새벽길을 정처 없이 방황하다 역 앞 스타벅스의 푹신한 소파 깊숙이 몸을 뉘었지요. 난다와 저는 따뜻한 홍차를 주문하고 이웃 빵집에서 이것저것 사서 먹었어요.

"여기가 바로 홋카이도 입니다. 삿포로예요."

닥터 스크루(사사키 노리코의 동명 만화 속 주인공의 별명)가 다녔던 홋카이도 대학이 바로 코앞에 있죠.

노보리베쓰 역에서 온천마을로 향하는 버스를 갈아타야했어요. 20분 정도 밖에 걸리지 않았지만, 산속에 있는 온천마을은 해가 짧아서, 벌써 저물어버린 온천마을의 하늘은 지옥의 그늘과 같은 느낌이 들었거든요. 게다가 호텔의 옆은 유황가스가 두꺼운 눈 사이로 피어오르는 지고쿠다니(地獄谷, 지옥 계단)였어요. 달걀 썩는 듯한 유황가스의 매캐한 냄새에 어쩐지 마음이 조금 설레었어요. 그런데 난다는 그런 것엔 조금도 관심을 보이지 않았어요. 다다미방에 앉아 말차(抹茶, 가루 녹차)를 마시고 유카타를 갈아입으니 벌써 이부자리를 깔아 주더라고요. 깔끔한 청년이 들어와 이런저런 묘기를 부리며 10초 만에 후닥닥 정리된 이부자리는 이번 여행에서 가장 포근한 잠자리였어요. 두꺼운 요와 이불, 다다미의 지린 듯한 발효된 냄새를 맡으며 저녁도 먹기 전에 살짝, 잠이 들더라고요. 피곤한 난다와 달리 전, 이곳에 도착하기 전에 기차와 버스 안에서 많은 시간 수면을 취한 탓인지 또다시 잠을 청하기가 조금 미안했어요. 겨우 눈을 뜬 저는 다시 잠들지 않기 위해 여행 책을 펼쳐 들었어요.

여행 책에 의하면 우리들이 묵고 있는 이 여관은 노보리베쓰 온천마을에서 가장 오래된 숙소였어요. 그래서 왠지 전통 료칸이 아닐까, 살짝 기대했는데 외관은 한국의 콘도와 상당히 비슷했어요. 손님들의 성격도 따지고 보면 회사에서 단체로 온 여행

노보리베쓰의 도깨비상
노보리베쓰 온천 입구에 위치한 지고쿠다니 앞의 마을을 지키는 도깨비상

객이나 한국에서 온 패키지 여행객들이니까, 그다지 전통적인 분위기는 아니랍니다. 현대식 시설에 괜히 실망한 제가, 바보인거죠. (하지만 우리들은 다행히도 다다미방에서 잘 수 있었어요.)

본토의 근대화와 함께 개발된 홋카이도의 역사를 생각해 보면, 이곳에 일본의 전통 가옥이 자리하기는 힘들다는 것은 쉽게 알 수 있는 일이었거든요. '가장 오래된' 이라는 소개가 '몇 백 년 전부터' 는 아니니까요. 차라리 그냥 '온센 료칸(온천 여관)' 을 찾는 것이 나았을 지도 모르겠어요. 게다가 우리들은 여기서 아직, 한번도 일본식 가옥을 본 적이 없었어요. 또한, 도쿄 같은 대도시에도 흔한, 동네마다 있는 신사도 쉽게 보이진

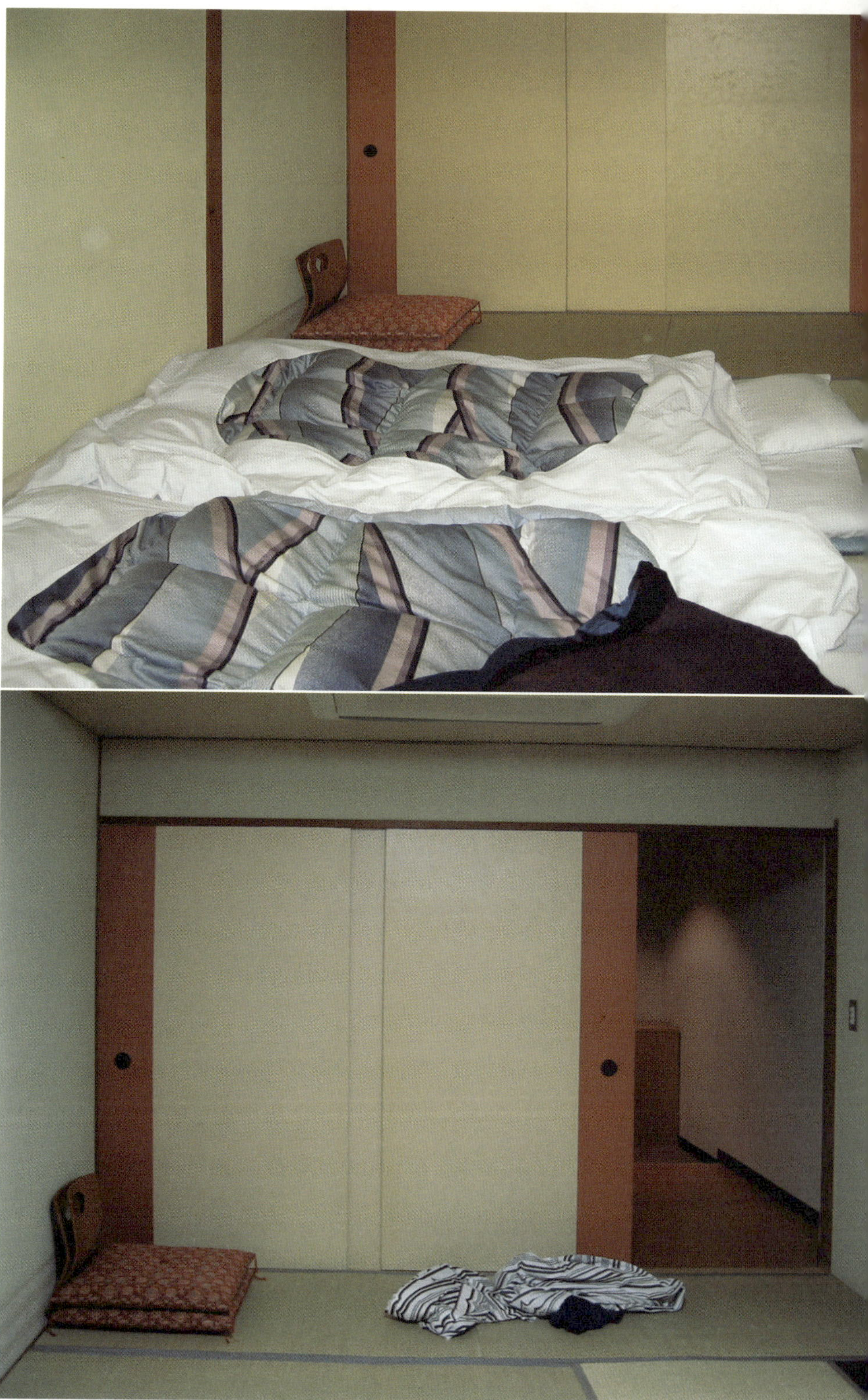

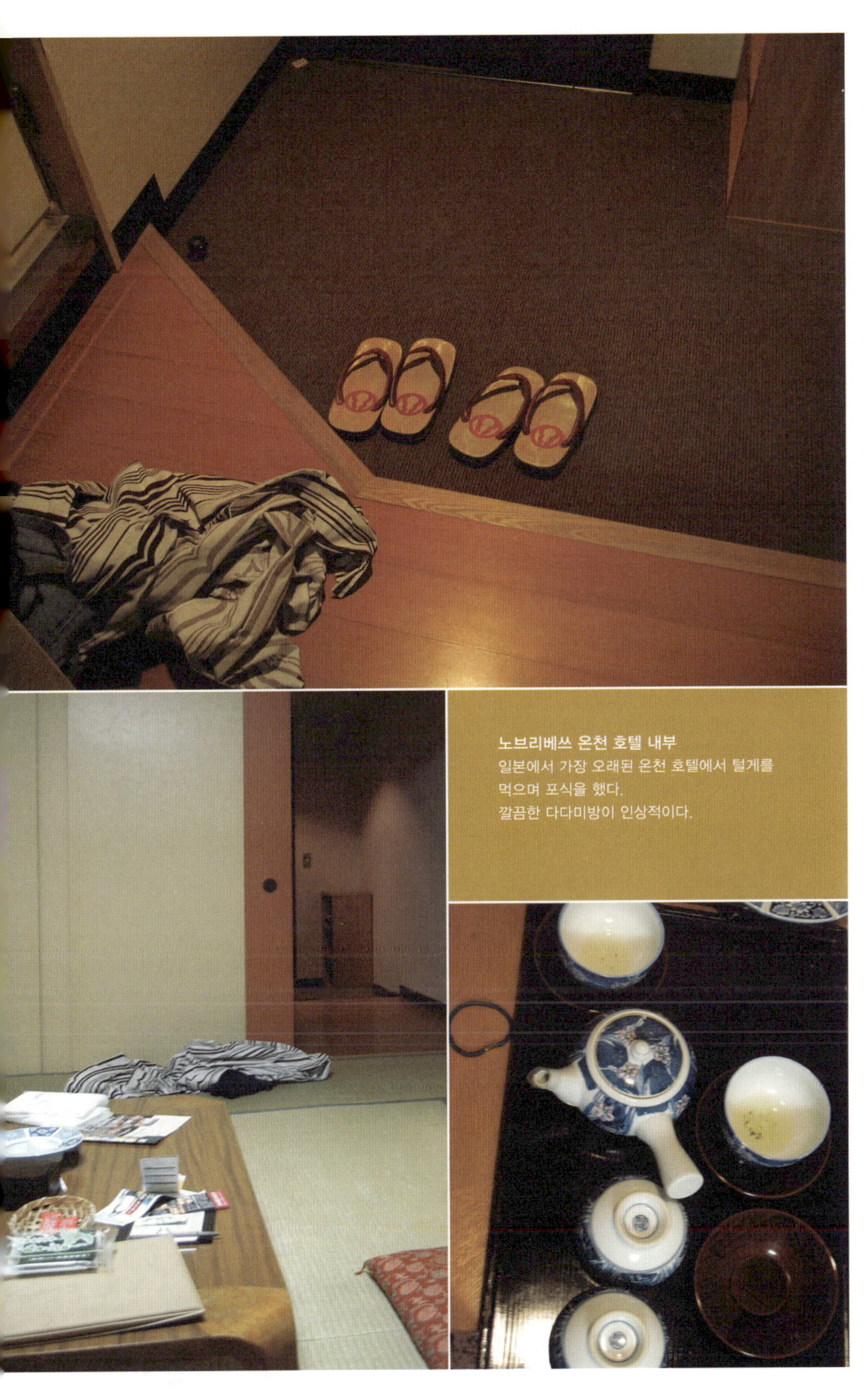

노브리베쓰 온천 호텔 내부
일본에서 가장 오래된 온천 호텔에서 털게를
먹으며 포식을 했다.
깔끔한 다다미방이 인상적이다.

노보리베쓰의 지고쿠다니
계곡을 흐르는 물은 무척 뜨거우며, 달걀 썩는 듯한 매캐한 냄
새의 유황가스가 계속 올라온다. 유황 연기가 나오는 곳에는
커다란 구멍이 뚫려 있다.

않았거든요. 이상한 기분에 여행 책을 폈지만, 그에 대해 알 수 있는 건 하나도 찾아 볼 수 없었어요. 여행 책이라는 건 대체 어떤 소용으로 만들어진 건지, 밑줄을 그어가며 읽고, 매번 참고하고, 하라는 대로 잘도 따라 하던 저이지만 역시 이런 땐 기분이 묘해집니다.

저녁 시간이 되었어요. 기분 좋게 자고 있는 난다를 흔들어 깨워 뷔페식당에 데려갔죠. 물론 제가 바란 건 이런 게 아니었습니다. 해산물이 가득한 음식이 들어오고 여주인이 따라 들어와 뚜껑을 열어 주면서 맛있게 먹으라고 하는 것이었을까요? 사실 자세히는 모르겠지만 대충 이런 분위기를 원했는데, 우리들에게 제공되는 건 근사한 일식 저녁 뷔페와 미국식 아침 식사였어요.

엘리베이터와 복도에서 피곤해 보이는 난다에게 쫑알쫑알 불평을 하며 간 식당에 들어서자마자 저는 어이없게도 환호성을 지르고 말았지요. 털게 구이! 털게 구이가 있었거든요.

그 크고 통통한 털게 다리를 20개도 넘게 먹고 나니까 배가 터질 듯이 불러왔어요. 드디어 준비해 온 소화제를 먹을 시간. 그런데, 난다는 깨작깨작 맛없는 것들만 골라서 먹는 것 같았죠. 삿포로 시내에서의 식탐은 어디로 가버린 건지. 뭐, 하루 종일 깨작대며 설사 걱정만 하던 제가 이렇게 광분을 하는 걸 보면 난다야 말로 어이가 없었겠지만요.

노보리베쓰의 지고쿠다니 얼음계단

노보리베쓰의 온천 호텔 옆은 유황가스가 두꺼운 눈 사이로 피어
오르는 지고쿠다니였다.

"하지만, 이제야 날 찾은 것 같아, 바보 같고 돼지처럼 폭식하는 나를 말이야. 나는 이런 내가 너무 사랑스러워. 물론 소화제만 뺀다면 더욱 좋겠지만. 온천에 가서 배불뚝이인 채로 있는 것은 꼴사나우니깐 말이야, 이해해 줘, 겨우 한 알이잖아. 용서해 줘, 자기는 이미 한 끼에 알약을 여섯 개나 먹고 있으니깐, 그럼."

알약을 여섯 개나 먹는 식사가 벌써 다섯 번째인 난다는 피곤해 보였죠. 그래서인지 온천에 가고 싶어 하지 않았고 불쌍해 보였지만 조금 쉬게 한 후, 억지로 끌고 갔어요. 힘든 추억이 오래 남는 법이니까요 라는 건 순전히 제 생각이지만요. 언제 다시 올지 모르고, 게다가 난다 혼자라면 절대 온천에는 들어가지 않을 테니까 끌고 가더라도 괜찮아, 라고 생각했는지도 모르겠어요.

수영장에 들어갔던 난다는 추워서 할 수 없이 목욕탕으로 옮겨 왔어요. 무슨 병이든 낫는다는 탕에 들어가서 꼼짝 않고 있더라고요. 그곳에 앉아서 이 동네 여자들은 뒷모습이 모두 자신과 같다는 둥, 이상한 소리만 하고 있어요. 모험심이 가득한 저는 당장 온천 탐험에 나섰지요. 가장 눈에 띈 건 'びじんゆ미인탕'. 하지만 뜨거워서 발도 담그지 못했어요. 미인이 되기는 정말 어려운 일입니다. 미인들은 모두 훌륭한 인격을 가진 사람들이 틀림없어요. 저는 미인들을 정말로 존경합니다.

온천은 구식 대중탕 같았어요. 오래되고 작은 타일들로 된

복충 목욕탕이었거든요. 아래충은 남탕입니다만 천장을 같이 쓰고 있었어요. 슬쩍 계단 아래로 내려다보면 남탕이 보이는 구조라는 거죠. 하지만, 그 계단 난간이 너무 낮아서 남탕을 엿보려다 제 알몸을 다 들키는 구조기도 해서, 저는 반쯤 앉아서 벽으로 가슴을 가리고 머리만 내놓은 채 남탕을 살펴보았어요. 지금이라면, 알몸을 들키는 것보다 몰래 쳐다보는 걸 들키는 일이 더 부끄러운 일이라는 걸 알고 있지만 그땐 그저 가슴만 지키면 만사 오케이라는 마음뿐이었죠. 아, 바보 같아. 하여튼 거기엔 오래된 남자들뿐이었어요. 그다지 기억해 내고 싶지도 않아요.

난다는 여전히 무슨 병이든 낫는다는 탕에 혼자 앉아서, 귀와 코에 물을 넣고 있었어요. 사실 난다는 그저 탕에 앉아 고개를 갸웃갸웃하고 있었을 뿐인데 제겐 그렇게 보였다는 뜻이죠. 머리를 갸우뚱거리는 난다, 목욕탕 안이라 소리가 더 울리는 걸까? 난다의 중이염이 문제였어요. 저는 설사가 문제였고요. 탕에 들어간 저는 부른 배를 계속해서 쓸어 주었어요.

소하도 대충 된 것 같으니까 노천탕에나 가 볼까? 대나무 숲이 보이는 밖으로 나가는 문을 열자마자 찬바람이 쌩쌩 불었어요. 칠흑 같은 어둠 사이의 하얀 달이 찬바람에 일렁이고 있었죠. 빨리 늘어가지 않으면 얼어 죽을 지도 몰라, 하고 곧장 뛰어든 노천탕. 우리들은 탕 주위에 녹지도 않고 가만가만 쌓인 눈이 신기해서 몇 번이고 나와서 만져 보고 조잘대는 작은 여자들이 되었답니다. 어둡고 따스한 것, 차갑고 눈부신 것들이 한꺼번에 몸에 들어왔다 나갑니다. 탕 속에 있는 여자들은 미소를 지으며 소곤소곤 뜻 모를 주문을 외고 있습니다.

어둡고 포근한 밤, 차가운 달빛이 눈처럼 내리고, 거짓말처럼 누구도 아프지 않았으면 좋겠다고 생각했어요.

우리들은 그날 밤, 메론 소다수를 나눠 마시고 커다란 이불 밑에서 죽은 듯이 푹 잘 수 있었어요.

떠나오기 전부터 알고 있었어요. 절대로 도망갈 수 없다는 것을 말이에요. 이런 가출은 단순히 일시적인 해방감을 느끼기 위한 것뿐이라는 것도 알고 있었어요. 1미터가 넘게 쌓여 있는 눈 더미들 사이에서 길을 잃고 즐거워하고 50엔짜리 미소된장국에 기뻐하고 있지만, 이런 기분, 겨울이 가고 나면 사라지는 눈처럼 결국에는 작은 흔적도 없이 사라져 버릴 것이라는 사실을 누구보다도 잘 알고 있었죠. 저는 그런 사람입니다.

회사를 그만두고 여행을 떠나 설국으로 가 버린다면, 모든 게 다 잘 될 거라고 말하고 다녔지요. 게다가 마치 돌아오지 않을 사람처럼 몇 달 전부터 여행을 위해 월급을 착실히 모았던 것도 사실이에요. 거기다 여행이 끝나고 나면 저는 정말 다른 사람이 되어서 또 다른 일터에서 전혀 다른 일을 하고 있을 것처럼 말하고 다녔거든요.

그러나 3월부터 다니기로 한 대학원에 대해선 여행을 떠나기 전 오리엔테이션부터 싫증이 나 버렸어요. 여행을 준비하는 동안, 등록할 것인가 말 것인가에 대해 내내 고민했거든요. 대학원 입학은 단지 회사를 그만두기 위해서였고 회사를 그만둔 것은 순전히 긴 여행을 떠나기 위해서였을지도 모르죠. 몇 번이고 도망치고 싶었던 제 인생인데, 도망치는 제스처를 취해 본 건 이번이 처음이지만 결국 돌아가게 되겠죠. 학교에 다시 등록

하게 될 테고 또다시 비슷한 일을 시작할 게 분명했으니까요. 싫다고 그만하고 싶다고 푸념을 늘어놓으면서도 손에 돈을 쥘 때마다 예쁜 옷과 맛난 음식에 침이 고이는 지겨운 인생은 분명히 계속 이어질 테니까요.

홋카이도 대학의 클라크 관은 우체국과 학생 식당, 교수 식당, 그리고 찻집이 있는 건물이에요.

깔끔하게 정리된 파이크러스트 모양의 눈 더미와 뽀송뽀송한 보도로 기억되는 삿포로의 시내 거리와는 달리 홋카이도 대학은 눈 위에 내버려져 있었지요. 수많은 눈송이들은 땅에 내려와 쌓여 밟히기도 하고 채이기도 했을 것이고 누군가 곤란하게도 하고 눈부시게도 했을 것입니다. 하얀 눈들이 제자리에 누워 햇빛을 반사시키고 있었어요. 커다랗고 하얀 나비처럼 나풀나풀 땅 위에 내려앉았을 눈은 이제 바로 그 자리에서 짓이겨지고 뭉쳐져서 사람들의 갈 길을 막고 있었어요. 관광객의 대부분은 못 간다는 그 포플러 가로수 길로 가는 우리를 막아 세운 것도 바로 그 진창이었고요.

한 방향으로만 난 눈길은 우리를 클라크 관으로 인도했어요. (『닥터 스쿠르』에도 포플러 길을 못 찾아 클라크 동상 앞에 서 있는 에피소드가 나와요.) 클라크 관은 'Boys, be ambitious!'를 외친 W. S. Clark를 기리는 건물이에요. 여기는 홋카이도 대학에서 가장 방문하고 싶지 않은 곳이었지만, 이미 늦은 점심시간이었고, 우리들은 배가 고팠기 때문에 뭐라도 사기 위해 들어갔었지요. 클라크 관에 제법 저렴한 학생 식당이 있었거든요. 280엔으로 단 호박 튀김과 된장국으로 밥을 먹고 나자 우리들의 마음은 쉽게 변해 버렸어요. 이 정도라면 소년들이 의욕적으로 살아도 좋다고 생각했거든요. 식당 밖은 커다란 로비였어요. 커다란 창 유리를 통해 들어오는 햇살에 건물 전체가 불을 켜지 않아도 환했어요. 우리들은 밀크티를 사서 햇볕이 잘 드는 창가 의자에 앉아 눈을 감았죠.

아마도, 저는 쉽게 돌아갈 것이고, 특별히 다르게 살지 못할 것이라는 기분이 들었어요. 옛날의 패턴으로 돌아가는 것 외에 다른 가능성이 손에 잡힐 정도로 보이는 것도 아니었거든요. 조금 씁쓸한 기분이 들었지만, 손에 든 따뜻한 밀크티 덕분에 기분이 걷잡을 수 없이 나빠진다든가 하는 일은 없었어요. 불안하던 마음이 월경의 시작과 함께 사라졌어요. 짜증났던 것들, 불안했던 것들, 무서웠던 것들, 그 모든 것이 그저 PMS(월경전증후군)일 뿐었을까요?

2월의 삿포로, 기대하지 않았던 햇볕에 쌓인 눈은 살금살금 녹아가고 있었어요, 곧 봄이 오고 봄바람이 불고, 언제나 마음은 들뜰 테죠. 몇 년 더 살다 보면 예언자가 될 지도 모르겠다는 생각이 들었어요.

요코하마로 돌아가는 길입니다. 하치노헤에서 다시 도쿄로

가는 기차를 탔어요. 무슨 영문인지는 몰랐지만 우리들은 그린카(특별한 요금을 지불하고 타야 하는 신칸센의 일등급 객실. 원칙상 우리들의 JR 패스로는 추가요금을 지불하지 않으면 탈 수 없었어요. 아마도 삿포로역의 미도리노 마도구치(みどりのまどぐち)에서 만난 영어를 잘 하는 역무원이 배려를 해 준 것 같았어요.)의 뒷자리에 앉을 수 있게 되었어요. 좌석은 일반석 보다 훨씬 넓고 뒤로 잘 젖혀졌으며 노란 베개가 붙어 있었죠. 예쁜 승무원이 들어와 아푸르 주스를 줍니다. 여기서는 apple을 애플이라 읽지 않고, 아푸르라 읽더라고요. 일본말로 사과는 링고입니다.

3시간 뒤면 도쿄에 도착한다고 생각하자, 깊은 잠이 밀려왔어요. 깔끔한 그린카의 천장에서 잠기운들이 방울 지어 모여 있다가 하나 둘 제 머리 위로 떨어지는 것 같았어요. 60년대 팝송의 가사가 비틀려 들려 오고, 뇌는 좌우로 나뉘어 어처구니없는 논리로 팝송의 가사에 대해 논쟁하기 시작했죠. 저는 이런 저런 일에 대해 떠올렸습니다. 특히 여행 경비와 경로에 대해서요.

삿포로에 가고 싶었던 건 삿포로가 멀리 있었기 때문이었어요. 언젠가 삿포로가 얼마나 위험하고 또 기차를 갈아타고 한나절 동안 가는 길이 얼마나 고생스러운 일인지 들은 적이 있었죠. 그때 저는 다시 일본 여행을 하게 된다면 삿포로에 가겠다고 생각했거든요.

삿포로까지 가는 길은 멀고 번거로운 일이었어요. 홋카이도에는 신칸센이 이어지지 않았기 때문에 신칸센의 북쪽 마지막

역인 하치노헤에서 아오모리로 특급열차를 타고 가서 아오모리에서 홋카이도로 건너가야 했으니까요. 정확하게 기차 시간을 맞추면 11시간 30분이면 도착할 수 있어요. 8~9만 원의 추가요금을 지불하면 우에노에서 떠나는 16시간 걸리는 침대차를 타고 낭만을 논하며 홋카이도로 편하게 갈 수도 있을 거예요.

그런데 우리들은 굳이 멀고 번거로운 길을 택했던 것 같아요. 아오모리에서 삿포로로 가는 야간열차를 중심으로 갈아타야 할 기차의 시각을 거꾸로 정했거든요. 아침의 삿포로를 보고 싶었기 때문은 아닙니다. 표면적인 이유는 '호텔비를 아끼기 위해서'였어요. 난다에게도 저에게도 어느 정도는 진실입니다만, 야간열차가 타고 싶은 마음이 컸기 때문이기도 했어요. 타지에서의 밤을 침대가 아닌 시트에 몸을 맡기고 여행 가방이 된 것처럼 몸을, 자신을 굴리고 싶었기 때문이었어요. 그 욕망은 제 것이 아닌 것처럼, 낯설게 느껴졌어요.

그래서 우리는 바로 노보리베쓰의 온천에서 묵기로 했어요. 고생한 만큼 좋은 곳에서 피로를 풀기로 한 거죠. 그리고 천국의 온천에서 하룻밤 쉰 후 삿포로와 오타루를 밤까지 열심히 걷고, 조금의 지체도 없이 온 길을 거슬러 요코하마로 가서 쉰다는 계획이었거든요. 이것이 계획의 전부인 이번 여행은 고생—휴식—고생—휴식의 반복 구조로 되어 있었어요. 그런데 아무래도 모르겠어요. 고생 뒤의 멋진 휴식인지, 고생의 반복 속에 잠시 휴식인 건지. 이 여행은 우리들의 인생에서 그저 잠시 휴

오타루가 유리의 거리로서 알려진 것은 19세기 후반. 석유램프와 어망 부이의 제조로 번성하였지만 한때는 수요의 감소와 함께 쇠퇴하기도 했다. 이후 다시 주목을 받기 시작한 것은 1970년. 지금은 인테리어 소품과 식기 등이 인기를 끌고 있다.

해마다 오타루 운하에 유리로 등을 만들어 띄우는 유키아카리 축제가 열린다.

식이 될 뿐이겠지요. 처음 떠나올 땐 뭔가 대단한 발견이라도 하게 될 거라고 굳게 믿었었는데 말입니다.

11시간 30분이라는 시간을 한 가지 목적에 소비해 버리기엔 긴 시간이라고 생각했거든요. 홋카이도에서의 38시간에 비하면 아픈 배와 걱정, 그리고 졸음의 PMS를 포함한 철로 위에서의 23시간은 엄청나게 긴 고행의 시간이었어요. 그러나 조금도 후회하지 않아요, 오히려 제가 자랑스럽죠. 하지만, 스스로 자랑스럽다거나 뿌듯하다거나 하는 생각을 하는 자신이 낯설고 불편해서, 편안한 그린 카에서조차 깊은 잠을 이룰 수가 없었지만요.

04
옳은 씨를 찾아서

교토로 떠날 때쯤 우리는 여행하는 게으름뱅이들이 되어 있었어요. 새벽에 홋카이도에서 돌아와 저녁때 부지런히 도쿄로 술을 마시러 간 것까지는 좋았는데(휘시만즈 리더가 자주 갔다던 집!) 다음날 아침엔 일어나지 못했거든요. 오후가 되어서야 느지막이 교토로 가는 기차를 탔어요.

밤마다 여행 책을 보면서 꼼꼼히 다음날 일정을 체크하던 딸기는 이날부터 그 일을 그만두었어요. 대신 밤마다 편의점에서 매실주를 사다가 먹기 시작했죠. 맛도 좋고 몇 잔 마시면 실없이 웃음이 나게 되거든요. 아무 계획도 없이 나른해지는 기분이었어요. 홋카이도 여행을 무사히 즐겁게 마치자, 어떤 행운이 우리를 지켜주고 있다고 믿게 되었거든요.

교토에는 해리의 친구인 옳은 씨가 있었어요. 옳은 씨는 교환 학생으로 1년 동안 그곳에 머무르고 있는 상황이었죠. 해리는 그 친구가 우리에게 잠자리를 제공해 주고 교토 구경도 시켜 줄 수 있을 거라고 했지만, 딸기는 돌려 줄 수 없는 신세를 지는 것은 싫다며 저녁이나 함께 먹자고 했어요. 저는 여행자들은 워낙에 신세를 지는 법이니까 하룻밤 정도는 얻어 자도 괜찮다고 했고, 결국 우리는 그 친구의 집에서 1박만을 하고 다음날은 나라에 있는 료칸에 짐을 풀기로 했어요.

신세를 지는 주제에 미안하게도 해가 다 져서야 교토 역에

교토

교토는 8세기에 국가의 도읍으로 정해져, 수도가 도쿄로 바뀌는 19세기 중반까지 1,200년의 역사를 자랑하는 고도古都이다. 교토京都는 기요미즈데라青水寺, 긴카쿠지金閣寺, 니조성二條城 등 유서깊은 사찰과 유적이 많은 곳으로, 일본의 국보 및 중요 문화재의 20%가 집중되어 있다. 기온祇園을 비롯하여 바둑판처럼 잘 정비된 거리가 아름답고, 아라시야마嵐山 등의 경관도 훌륭하며, 사계절을 두루 즐길 수 있는 일본 제일의 관광 도시이다.

도착했어요. 옳은 씨는 곧바로 우리를 마중 나오겠다고 했죠.

"교토 역 앞 아톰 상 아래에 계세요."

교토 역을 나오고 보니 아톰 상이 두 개나 있었어요. 교토 역은 크니까 이 주변에 몇 개가 더 있는지 알 수 없는 상황이었죠.

우리는 그냥 그 두 개 사이를 왔다 갔다 하며 기다려 보기로 했어요. 만약에 더 있다고 해도 옳은 씨가 우리를 찾아내겠지, 편하게 생각해 버렸어요. 저는 옳은 씨가 오면 왜 교토 역 앞에 우주를 날아다니는 아톰 상이 있는 것인지 물어볼 작정이었는데(아톰의 고향인가? 작가의 고향인가? 그냥 교토 역의 취향인가? 딸기

의 대답은 교토에 아톰 박물관이 있다고 했어요.), 옳은 씨가 우리 곁에 다가와 "해리의 친구 분들이시죠?"하고 말을 걸었을 땐 그런 생각을 까맣게 잊어버렸어요. 골덴으로 된 반코트에 줄무늬 목도리를 하고 있는 옳은 씨가 너무 귀여웠거든요.

일본에서 '귀엽다. かわいい.'란 말은 대단히 광범위하게 사용돼요. JR 열차에 붙어 있는 교토 관광 광고에는 '교토 풍경은 귀엽습니다.'라고 적혀 있을 정도니까요.

우리나라에서 여자에게 '귀엽다'고 하면 '예쁘지는 않다.'와 비슷해지지만 여기선 최상의 칭찬이 됩니다. 그래서 모두들 귀여워지려고 때로는 어이가 없을 정도로 노력하고 있는 겁니다.

우리보다 대여섯 살 어린 옳은 씨를 소개하면서 '굉장히 귀엽다.'고 해리가 말했을 때, 저는 그냥 그런 칭찬을 하는 것인 줄로만 알았거든요. 그렇지만 그 '귀엽다'는 것은, 얼굴을 보기만 해도 어쩔 수 없이 미소를 짓게 된다는 뜻이고, 도무지 눈을 뗄 수가 없다는 것이고, 어째서 이 사람은 이렇게 귀여운 것일까를 계속 궁금해 하게 된다는 뜻이었어요.

"우선 교토 역부터 구경시켜 드릴게요."

옳은 씨가 이렇게 말하고 있을 때 저는 그것을 궁금해 하고 있었어요. 웃고 있는 저 눈 때문일까? 예의 바르게 두 손을 모아 가방을 들고 있는 자세 때문일까? 어리지만 거리낌 없는 목소리 때문일까? 어린 시절에 이렇게 귀여워질 수밖에 없었던 사정이 있었던 것일까? 딸기도 저 못지않게 귀여운 아가씨 앞에서는 어쩔 줄 모르는 성격이라, 옳은 씨가 교토 역을 구경시켜주겠다고 앞장섰을 때 제대로 대답도 못하고 따라나서는 모습이었어요. 우리는 옳은 씨가 안 보는 사이에 귓속말로, 이틀 밤을 다 저 아가씨 집에서 자자고 합의했죠.

옳은 씨의 방은 교토 시내를 가로지른 반대편에 위치하고 있었어요. 그래서 우리는 버스를 타고 이동하면서 문을 닫고 있는 교토의 밤을 구경할 수 있었지요. 옛날 영화에서 보던 오래된 일본식 집이 줄지어 있었어요.

교토는 유난히 조용하고 점잖은 도시라던데, 그래서인지 모두 벌써 집에 돌아간 듯, 사람들의 왕래가 뜸했어요. 우리들도 호텔이 아니라 누군가의 집으로 돌아가고 있는 것을 기뻐하는 중이었거든요. 시장을 보고 걸어가는 길에 무성한 나무 사이로 넓게 포석이 깔려 있는 길을 발견했어요. 무슨 절인가로 들어가는 길이라고 옳은 씨가 말해 주더라고요.

교토에는 절이 800개가 넘게 있어서 동네에도 큰 절이 몇 개씩 있나 봐요. 길 저편은 불기 없이 깜깜했지만 길이 낯설고도 아름다워 그리로 가 보기로 했어요. 절을 지나가면 옳은 씨가 사는 골목이 나올 수도 있을 거라고 했거든요.

옳은 씨와 딸기는 일본에 귀신이 많다는 이야기를 나누었어요. 귀신들이 바다를 건널 수 없기 때문에 일본은 어디에도 가

시조 거리의 기념품 인형들
노부부가 '코다츠의 귤' 하고 있다.

지 못하고 귀신들로 바글바글 하다는 둥, 습기가 차서 더 그렇다는 둥, 실제로 딸기는 작년에 도쿄 지하철에서 귀신의 우는 소리를 들었다는 둥, 일행들은 대부분 다 한번씩 귀신을 경험했다는 둥, 옳은 씨의 집에 가서 잤던 사람들은 모두 첫날밤에 가위에 눌렸다는 둥, 교토는 절이 많으니까 귀신들이 없을끼, 오히려 몰러들지 않을까… 등등. 서는 목널미가 선뜩해져서 그만두라고 하고 싶은데 두 사람은 신이 난 것 같았어요. 절로 들어가는 큰 대분 안에서 무슨 소리가 들렸어요. 사람들이 모여서 어떤 의식을 준비하는 것 같았거든요. 횃불 같은 것도 보이고 북소리 같은 것도 들리는 것 같고….

내가 애써 목소리를 가다듬고 물었어요.

딸기가 낭랑하게 반문했죠.

두 사람은 웃으며 발걸음을 돌렸어요. 저는 뛰어서 돌아 나왔고요.

일본에서는 겨울밤에 '코다츠에 귤 こたつにみかん'을 해요. 그건 저도 알고 있었어요. 『극락 사과군』에 나오는 귤양이 (그게 뭔지도 모르면서) '코다츠에 귤' 해 보고 싶어 하는 장면이 있거든요. 딸기와 옳은 씨가 오늘 밤엔 '코다츠에 귤' 하자며 마주 보고 웃길래 저도 아는 척 함께 웃어 보였어요.

아마 코다츠는 화로 같이 생겼고

귤을 거기다 구워 먹는 걸 거라고
생각했거든요. 그렇겠죠? 실제로
는 이렇습니다. 상 아래에 난로가
달려 있고 상 위에는 길게 담요가
덮여 있어 무릎을 넣고 앉을 수 있게
되어 있는 것이 코다츠. 상 위에 귤 바구니

를 놓고 코다츠 옆에 둘러앉아 귤을 까먹으면서 얘기하는 것이
'코다츠에 귤'이라는 것이었어요.

그날 밤 우리는 '코다츠에 귤' 했어요. 옳은 씨의 앨범을 보
면서 지난 1년간 일본에서 지낸 이야기랑 가족들 이야기도 들었
죠. 봄의 사쿠라 아래, 여름의 녹음과 가을의 낙엽, 갖가지 마
쯔리(축제) 속의 옳은 씨는 언제나 승리의 'V'자를 그리며 웃
고 있었죠. 새로 사귄 친구들에게 보여 주려고 챙겨 온 옳은 씨
의 어린 시절과 가족사진을 보고 있으니 옳은 씨가 왜 귀여운 사
람인지 알 것도 같았어요.

우리는 매실주를 충분히 마시며 웃다가 잠자리에 들었어요.
옳은 씨는 추울 거리고 걱정히면서 자기가 사용하던 1인용 전기
장판까지 꺼내 주었어요. 그것을 쌓고 코나츠 아래에 들어가 딸
기와 꼭 붙어 자기로 했으니까 괜찮을 거라고 생각했는데, 웬
걸, 그날 밤은 제 평생 가장 추운 밤이었어요. 딸기의 엉덩이가
부딪혀서 잠에서 깰 때마다 저는, '코다츠고 뭐고, 온돌이 최고
야'라고 생각했답니다.

교토에 있는 불교대학으로 온 교환학생. 귀여운 교토에서 가장 먼저 만난 귀여운 존재인 옳은 씨는 우리들을 이상한 나라로 인도하는 하얀 토끼처럼 명랑했어요.

도쿄에서는 볼 수 없을 정도로 큰 원룸 기숙사에서 혼자 살고 있어서 친구들의 방문이 잦은 모양이었어요. 여행가이드가 되어도 좋을 정도로 교토를 사랑하고 아끼며 많이 이해하고 있었거든요. 그녀의 책상에는 일본어 능력시험 자격증이 놓여 있었어요. 일본에 와서 배우기 시작했다는 그녀의 일본어는 누구보다도 유창하고 귀여웠어요. 일본에서는 특히 교토에서는 뭐니 뭐니 해도 귀여운 것이 최고입니다.

그 다음으로 귀여운 것이 있다면 음식이에요. 옳은 씨는 맛있는 음식이 무엇인지 잘 알고 있었거든요. 우리들은 옳은 씨 덕분에 일본식 가정요리인 카레를 먹을 수 있었지요. 서울에선 절대 먹지 않게 되는 일본식 햄버거 스테이크와 메추리알을 깨서 넣은 녹차 소바, 녹차 아이스크림도 같이 먹었거든요.

우리가 방문한 달이 옳은 씨에게도 교토에서의 마지막 두 달 중의 한 달이었어요. 우리와 함께 있는 동안 옳은 씨는 자신의 여행을 계획하고 있더라고요. 이후 우리는 서울로 돌아와, 여행 중인 옳은 씨의 엽서를 받게 되었답니다.

녹차 소바

우지에 위치한 녹차 소바 가게. 녹차로 소바를 만들어 면의 색깔이 특이하다.

우지천변의 이모저모
녹차 아이스크림이 유명한 우지천변. 평등
원 가는 길에 위치한 상점에서는 무척 귀여
운 고구마와 무를 판매했다.

真手打
そば処 ながの

우리는 처음에는 교토의 여관에 머무를 생각이었어요. 그러나 요코하마의 친구는 한사코 자신의 친구를 우리에게 소개 시켜 주겠다고 했어요. 친구의 친구는 친구일까? 저와 난다는 그렇지 않다고 생각했지만 요코하마의 친구 해리는 그렇다고 생각하는 모양이었어요. 그렇게까지 권하는데 당연히, 혹은 어쩔 수 없이.

그런데 저는 아무래도 신세 지기가 싫었어요. 난다에게 교토에서의 이틀날 밤은 전통 료칸에 가 보는 게 어떠냐고 했지만, 난다는 단호하게 안 된다고 했어요. 이런 경우 예의가 없는 사람이 저란 건 알지만요. 자신의 하나 밖에 없는 방을 생전 본 적 없는 친구의 친구일 뿐인 우리에게 선뜻 제공하고 가이드까지 해 주겠다는 착한 사람의 호의를 거절해서는 안 되는 것이지만 부담스러운 마음이 없어지는 것은 아니었어요.

결국은 요코하마에서 교토로 가는 신칸센 안에서 저는 노란색, 연두색 실로 모자를 뜨기 시작했죠. 본 적 없는 그 사람에게 우리들의 마음이 전해지길 바라면서요. 어려운 일이겠지만, 그 무엇보다 내 마음을 잘 전달해 줄 수 있는 것은 뜨개질 밖에 없었기 때문이에요. 마음을 드러내는 것은 쉬운 일이 아닌데, 이런 경우 가장 많이 쓰는 '정말 고맙다.'는 말은 처음 만나는 사람에게 마음을 표현하기에는 적당하지 않은 것 같았거든요.

　　하얗고 보송보송한 털을 가진 토끼가
회중시계 대신 휴대폰을 들고 교토 역에
서 기다리고 있었어요. 우리들은 누가
먼저랄 것도 없이 그 토끼를 따라 어둡
고 긴 터널이라도 지나가겠다고 소리
를 (아주 작게) 질렀지요. 교토에서 만난
그 토끼가 글쎄 우리를 보고 웃었어요.

예쁜 언니들이라서 놀랐다고. 사실, 우리가
더 놀랐죠. 그렇게 하얗고 예쁜, 게다가 착한 여동생 같은 친구
였다니! 부담스럽다던 마음은 거친 밤바다에 뜬 검은 기름이 파
도에 부서지고 삼켜지듯이 없어도 좋은 것처럼 숨어 버리고 말
았어요.

　　우리는 반듯반듯 모눈종이처럼 길이 난 교토의 밤길에 버스
를 타고, 그녀가 살고 있는 북쪽의 기숙사로 향했어요. 교토의
밤공기는 겨울이었지만 차갑지는 않았어요. 대신 달빛을 받아
반짝이는 대기는 좀 이상한 느낌을 주었는데 텅 빈 느낌이 아니
라 안 보이는 귀신들로 가득 찬 북적북적한 느낌, 하지만 갑자
기 엄습하는 공포감은 없어서 친숙하게 느껴졌답니다. 난다는
그렇지 않은 것 같았지만요. 과거의 사람들과 제가, 게다가 외
국인인 제가 한 자리에 서서 '함께 있다.'는 느낌이 들었어요.
스쳐 지나가는 공기며, 유령, 그 모든 느껴지지 않는 존재들에
게조차 감사한 우정을 느꼈지요.

그리고 곧 후회했어요. 깔끔한 그녀의 원룸형 기숙사에서 간단하게 인사를 주고받고 잠자리를 결정하고 불을 끄는 순간, 저는 후회했어요. 침묵과 고요는 세찬 바람 소리를 들려주었어요. 바로 이것이다, 하고 추위가 있다는 걸 똑똑히 보여 주었죠. 무서운 건 귀신이 아니라 차가운 꽃샘추위였어요.

교토의 첫날밤 우리는 코다츠를 켜지 않고 잠이 들었어요. 이중창이 아닌 밖으로 난 커다란 창에선 북쪽 산에서 내려온 바람이 연달아 불어왔고 난다와 같이 덮은 코다츠용 담요는 바닥의 한기를 막아 주지 못했거든요. 좀 전엔 분명히 새롭고 산뜻하며 따스하다고 느낀 세계적인 우정은 이 사태의 부담스러운 주범일 뿐이었어요.

밤새 서울에 두고 온 온돌과 보일러가 그리웠어요. 따뜻한 방바닥. 그렇게 멋진 발명품은 이전에도, 이후에도 없을 것 같았요. 요코하마의 친구가 가진 두꺼운 요와 전기요의 열선에 대해 반만 불평할 걸 그랬다고 후회가 되었죠. 추위에 지쳐 잠이 들기 직전까지는 노보리베쓰의 향긋한 지린내가 나는 다다미를 생각했어요.

노보리베쓰의 호텔 다다미방에서는 누운 지 5분도 안 되어서 잠들 수 있었거든요. 그러나 보일러가 깔려 있지 않는 차가운 시멘트 바닥, 찰싹 달라붙은 얇은 장판과 고장 난 전기요 위에서는 희망은 한 가지밖에 없었어요. 이건 여행 중에 일어나는 일일뿐, 일상이 아니라 것. 저는 스스로를 그렇게 위로했어요.

몇 시간 안 되는 밤의 한기 속에서 저는 무서웠답니다, 그것이 일상이 될까봐. 찬바람을 막을 수 있는 사방의 벽과 이중창, 따뜻한 온기가 느껴지는 바닥이 앞으로의 제 인생에서 제가 바라는 모든 것이 되는 순간이었어요. 저는 참으로 겸손한 사람이 되고 말았어요. 이중창과 보일러만 있다면 그게 바로 행복의 다른 이름이라고 주장하고 싶었거든요.

이 추위에서 구해 줄 수 있는 건 빌린 이불(교환학생을 위해 1년 정도씩 이불 같은 살림살이를 빌려 준다고 해요.)을 덮고 침대 위에서 자고 있는 귀엽고 착한, 동정심 많은 옳은 씨가 아니라는 것을 깨달았어요. 착하고 풍요로운 마음보다 얼마간의 가벼운 지폐와 적당히 거절하는 냉정이, 추위를 못 참아내는 저에게는 더 유용하다는 걸 깨닫는 순간이었어요. 지금껏 어떤 식이든 돈에 매여 살아왔던 제가 쉽게 변하지 않을 거라는 것도 동시에 알게 되었거든요.

사람은 참으로 간사한 것 같아요. 아침에 일찍 일어난 저는 욕조에 따뜻한 물을 넘치도록 받아 두고 몸을 녹였어요. 밖엔 이른 봄비가 내렸죠. 허리와 엉덩이가 쑤셨지만 기분이 나아지고 있있어요. 간밤의 가시 돋친 생각들은 따뜻한 불에 녹아 없어졌어요. 온돌이 없다면 온수에 욕조라도 있어야 한다는, 저는 그 순간 진심으로 그렇게 생각했어요.

난다__깨달음

비가 오는 아침이었어요. 옳은 씨는 일찍부터 일어나 맛있는 카레라이스를 만들었어요. 제일 처음 가기로 한 곳은 료안지였죠. 우리는 비가 와서 관광객이 많지 않은 것에 감사했어요. 그곳은 무엇보다도 고요한 곳이었어요. 저마다 받쳐 쓴 우산들 사이로 비가 내려 우리도 말이 없었어요. 몇 백 년이나 된 나무들이 만들어 내는 울창한 침묵, 떠도는 비 냄새, 목조 건물이 낡아가는 냄새, 툭툭 비 떨어지는 소리….

절 안으로 들어가면 유명한 석정을 볼 수 있어요. 물결무늬 진 하얀 자갈들 위에 바위들이 서 있는데 어떻게 보면 열다섯 개도 같고 열여섯 개도 같고 어떻게 보면 스무 개 같기도 했어요. 그리고 또다시 보면 바다에 떠 있는 섬들도 같고, 우주의 별들 같기도 했죠. 석정은 들어가서 거니는 곳이 아니고 곁에 앉아 하염없이 바라보는 곳이에요.

언제부터 와 있었는지 모르는 사람들이 조용히 그곳을 바라보고 있었어요. 한참을 앉아 있으니 멍한 상태가 되어 그간의 번민과 육체적 고통, 여러 가지 귀찮은 생각과 어젯밤의 추위까지 다 잊혀졌어요. 마침내 마음의 평화라고 부를 만한 것이 찾아들어 내가 이것을 얻기 위해 여기까지 왔구나, 깨닫게 되었어요. 저는 미소를 지었답니다.

료안지는 몇 백 년이나 된 나무들을 바라보며 울창한 침묵과 떠도
는 비 냄새를 온몸으로 흡수하며, 명상에 잠길 수 있는 곳이다.

그 미소는 너무 희미해서 소리도 없지만 아주 귀한 것이라고 생각했어요. 우스운 얘기를 듣거나 다른 사람에게 보여 주려고 웃는 것이 아니라, 마음속에서부터 자기도 모르게, 물이 흘러나오듯이 스르르 생겨나는. 저는 절에 있는 부처상들이 보일 듯 말 듯 웃고 있는 이유를 알 것 같았어요. 그러나 보석들이 그러하듯 귀한 것은 얻기가 쉽지 않아서 그동안 저는 많은 일을 겪어야 했던 것 같아요.

딸기___감탄과 불평

저는 고무 슬리퍼를 신고 낙숫물이 고요하게 떨어지는 대청마

루에 앉아 료안지의 석정을 경건하게 쳐다보려고 노력했어요.
어쨌든 이 석정이 보고 싶어서 여기까지 왔으니까요. 만화로 본
'음양사'가 어쩌고 농담을 하다가 세계를 표현하고 있는 석정
에서 대륙을 나타내는 돌의 개수가 몇 개인지 세어 봤어요. 아
무래노 하나 모사라는네, 옳은 씨는 모든 돌이 보이는 자리를
알려 줬어요. 아, 그렇구나, 세상을 보는 데도 요령이 필요한
거야. 하지만 이미 그 자리에는 나이든 아저씨와 젊은 청년이
자리를 잡고 있었죠. 차례를 기다리다 마루 안쪽에 가서 감탄하
고 사진을 찍더라고요. 거리가 안 나와서인지 제 카메라로는 그
세계를 다 담을 수 없었어요. 눈으로 보면 다 보이는 돌들이 카

141

기요미즈테라
기요미즈테라의 깨끗한 낙숫물을 마시면 오랫동안 건강하게 살 수 있다고 한다.

거요미즈테라의 낙숫물

메라로는 볼 수 없더라고요. 그래요, 다들 볼 수 있다면 애초에 이렇게 만들어 두지 않았을 거예요.

떨어지는 낙숫물에, 빗방울이 엉긴 500년의 이끼에 감탄사를 연발하면서 소원을 이뤄 준다는 웅덩이에 얼토당토않은 소원을 빌며 1엔짜리 몇 개를 던져 넣으려다 실패했답니다. 어쩐지 계속해서 실패. 그런 건 원래 안 좋아하고 안 믿으며 웃기는 미신이라고 생각하기로 했어요. 밤엔 추웠고 관광을 시작한 아침부터 비가 내리고, 어쩐지 다들 제게 불친절한 것 같았어요. 심술이 났죠. 고요한 연못의 빗물 고인 나룻배며 조용한 빗물에도 흔들리는 수면을 보면 잠시 숙연해지기도 했지만, 료안지 경내의 두부 집 차림표를 보며 슬그머니 심술을 부렸어요. 너무 비싸서 못 먹겠다, 두부가 저렇게 비쌀 이유가 있냐, 우리나라 두부가 더 맛있을 게 분명한데, 하고 불평을 늘어놓았어요.

잔디 대신 양탄자처럼 깔려 있는 오래된 이끼에 놀라움과 부러움을 감추지 못해 우리나라의 매번 갈아엎는 농약 투성이 잔디밭이 얼마나 혐오스러운지 토로하다가도 제 눈에 어색한 초와 촛대를 닮은 탑이 나오자마자 역시 탑은 우리나라 것이 예쁘다고, 도자기도 탑도 우아한 것만은 우리 전통을 못 따라간다는 경쟁심에 가득 찬 발언을 하기도 했어요.

저는 갑자기 홋카이도 대학 부속 식물원에서 있었던 일을 기억해 냈어요. 무엇이 사람을 나쁘게, 혹은 공정하지 못하게 만드는 걸까요? 바로 추위. 뼛속까지 추운 사람들은 사물을 제대로 보지 못하는 게 분명합니다.

난다_쇼핑 괴물로 변신!

깨달음이 무색하게도, 료안지를 나서자마자 우리는 미친 쇼핑 괴물로 돌변했어요. 버스를 기다리느라 잠깐 들른 기념품 가게에서부터였죠.

벚꽃이 흐드러지게 쏟아지는 화장대용 자개 병풍, 여러 가지 색깔의 일본 젓가락, 고양이 인형, 마이코 상들이 사용한다는 민들레 향수, 갖가지 부채와 지갑 같은 것들은 소리를 지르고 싶을 만큼 예뻤고 우리는 최선을 다해 쓸어 담았어요.

招福金運
まねき猫
各￥3000
招福千客
￥1800

료안지의 기념품 가게
료안지는 시조 거리보다 조금은 비싼 기념품
들이 많다. 그러나 귀엽고 일본 전통을 알릴
수 있는 귀중품들이 많아 관광객들의 발길이
끊이지 않고 있다.

나이든 주인 부부와 옳은 씨가 두려움에 찬 눈으로 우리를 바라보았어요. 어차피 선물을 사야 한다면 역시 교토가 좋거든요. 어디서나 일본스럽고 예쁜 물건들을 찾아볼 수 있으니까요. 쇼핑하기 좋게 인도에도 지붕이 있는 중심가의 여러 가게와 기요미즈테라 앞의 과자가게, 도자기 가게, 기온. 옳은 씨가 좋아하는 가게랑 백엔샵, 베네통에 이르기까지 우리는 이제껏 산 것보다 훨씬 많은 물건을 사들였죠. 미소고 뭐고 깔깔깔 웃기에 바빴죠.

딸기__우리는 무엇에 홀렸나?

멋진 료안지를 서둘러 나왔어요. 버스를 타러 길을 건너자마자 버스 정류장 앞 기념품 가게로 홀리듯 들어가 버렸거든요. 사실 우리는 료안지에 들어가기 전부터 바로 그 기념품 가게에 들어가서 무얼 살까 생각하고 있었어요. 작고 귀여운 수많은 기념품들을 만져 보고 열어 보고 집어보느라 가게를 세 번쯤 들었다 놓은 것 같아요. 주인 노부부는 그저 웃고 있을 뿐이었지만, 떠들썩한 우리들 때문에 마음이 불편했을 게 분명했거든요. 우리들은 젓가락, 편지지, 엽서, 마이코 상이 사용한다는 고형 향수를 사느라 5,000엔은 족히 쓴 다음에야 버스를 타러 나올 수 있었어요.

가게 안에서 저는 그동안 잊고 있던 수많은 친구들의 이름과 회사 동료들의 얼굴을 떠올렸어요. 가능한 한 많이 떠올리려고 애썼죠. 저와 친밀했던 기억들을 덧붙여서 말이에요. 그러나 그 순간 제게 중요한 것은 오직 갖고 돌아갈 기념품뿐이었기 때문에, 꼭 사야할 기념품에 지인의 얼굴들을 대응시키고 있었어요. 교토는 전통과 역사의 도시였지만 제겐 무엇보다 기념품의 도시였어요. 아쉬운 점은 꽃무늬 약 지갑 - 도대체 그런 게 왜 필요한 건지는 아직도 모르겠지만 - 을 사지 못한 것이었어요. 주위에, 매일 세 끼 약을 먹어야 하는 사람이 있다면 좋을 텐데…. 그렇게 꼬박꼬박 약을 먹어야 하는 사람이 주위에 없다는 것이 항상 행운은 아니라고 생각했어요.

우리들은 버스에서 내려 또 쇼핑을 했어요. 시조 거리에서, 기요미즈테라에서, 요지야에서, 닥치는 대로 샀어요. 도자기를 사고

오미야게 과자를 사고 고양이 엽서를 샀어요. 찻잔을 사고 기름 종이를 사고 거울을 샀고, 로모 액션 카메라와 책갈피, 포스트 잇 세트까지 샀지요. 처음엔 기념품으로 시작하지만 일단 사기 시작하면 못 살 것이 거의 없었어요. 결국엔 아직도 세일 중인 베네통에 들어갔어요. 카드로 커다란 여행 가방을 사서 다음날 쇼핑한 물건을 다 밀어 넣었죠. 쇼핑 괴물의 하루는 이렇게 끝 이 났답니다.

딸기___우지천변에서의 일본어 연습

우리의 귀여운 옳은 씨는 제가 짜 준 모자를 쓰고 목도리를 하고 있었어요. 우리들은 함께 우지로 갔죠. 우지는 녹차로 유명하 고, 또 평등원으로 유명한 곳이었어요. 평등원은 10엔짜리 뒷 면에 조각된 건물이기도 해요. 그때까지만 해도 우리들은 역사 적 관심 같은 건 전혀 없었고, 그저 어떻게 한번 즐겁게 놀고 맛 있게 먹을까, 그런 것만 궁리했어요.

우지는 겐지 모노가타리의 배경이 되는 곳인 모양이에요. JR 우지역에서부터 문이며 간판, 그림 같은 것이 여기저기 널려 있 었어요. 우리들은 겐지 모노가타리에 대해서는 제목만 아는 정 도였죠. 『겐지 이야기』는 일본어 소설의 기념비적인 작품이라 고 하는데, 읽은 사람의 말로는 꽤 길고 지루하더라고요. 그래 서 아직도 읽지 않고 있는데, 평생에 한 번 정도는 읽어야 하지 않을까 생각하고 있지만 우리는 일본인도 아니고, 꼭 읽어야 하

평등원 내부. 10엔 동전 뒷면에 새겨진 장소이다.

우지천변에서 평등원으로 향하는 입구에는 겐지 모노가타리의 동상이 많이 있다.

나 싶지만, 여기저기 세워진 동상이며 그림판들을 보면 호기심이 생기지 않을 수 없거든요. 우리들은 겐지 모노가타리의 주인공 석상이 그런 자세를 하고 도대체 무슨 대화를 나누는 중인지 궁금할 뿐이었죠. 평등원은 말 그대로 평등한 세상을 꿈꾸며 세운 절이에요. 아주 오래전에 세워져서 10엔짜리 뒷면에 조각되어 있죠. 10원짜리 뒷면에 새겨진 다보탑 같은 걸까요? 평화나 평등 같은 크고 멋진 이야기들은 보편적인 듯하면서도 어디서나 싸구려 취급을 받고 있답니다.

읍내를 가로지르는 우지천변에 주저앉아 세 여자가 쓸데없는 일본어를 연습중이었어요. 실은 두 명이 상당히 쓸데없었고,

나머지 한 명은 천상의 인내력으로 틀린 말과 올바른 표현을 가
르치고 있었어요. 난다와 저는 전혀 배울 준비가 안 되어 있는
불한당과 같은 마음이었어요. 옳은 씨에겐 그저 우지천을 흐르
는 물처럼 시간이 아무렇지도 않게 흐르기를 기대하는 편이 좋
았을 텐데…. 옳은 씨는 그런 우리들을 보면서도 맑게 웃어 주
었어요. 부처의 웃음이라는 건 그런 겁니까? 저는 부처님 아래
에서 살고 싶다는 생각을 했어요.

    あぶないのでたばこをすいま.
    위험하니까 담배를 피우겠습니다. (엉터리 일본어)
    あぶないのでたばこはすわないでくださ.
    위험하니깐, 담배를 피우지 말아 주세요. (역시 엉터리)

우리들은 우지천변을 빙글빙글 돌다가 녹차 아이스크림을
먹으러 갔어요.

아이스크림 가게의 창가에 앉아 전리품들을 각자 꺼내 놓았
죠. 눈부신 햇빛이 작은 물건들을
비추고 있었어요. 우리들은 평등
원 입구에 있는 'People Tree 피
플 트리(영어를 구경하기 힘든 일
본에서 영어로 씌어 있는 걸로
보아 상당히 인터내셔널한 운
동임에 틀림없어요.)' 라는

메이지 진구

우지천변의 풍경

평등원 박물관 입구

평등원 내부

운동을 하는 가게에서 잡동사니들을 샀어요. 그곳은 동남아시아에서 만든 물건들을 정당한 가격으로 팔고 있는 가게였어요. 평등원 앞이니까 설득력이 있었거든요. 아마 다른 곳이었다면 비싸다고 지나쳤을 지도 모르죠. 제품들은 대부분 손으로 정성껏 만든 가방이나, 옷, 천 같은 것들이에요. 잘 팔리지 않는 모양인지 군데군데 먼지가 쌓여 있었죠. 우리들은 교토에서처럼 마음껏 사지는 못했어요. 그건 너무나 당연한 일처럼 느껴졌어요.

저는 거울조각이 붙어 빙글빙글 돌아가는 향꽂이를 하나 샀죠. 햇빛에 비쳐보니 쉴 새 없이 반짝이는 것이 마음에 들었거든요. 맞은편에 앉아 있는 두 여자들도 그렇게 반짝였죠. 우지천 너머 구름 아래로 천천히 지고 있는 태양이 예쁜 노을을 만들어냈어요.

우지천의 다리를 건널 땐 황송할 정도의 풍경이었어요. JR 우지역으로 가기 전, 제가 사교댄스 구두 가게를 발견하고, 열광하지만 않았어도, 우리의 JR 패스 여행의 마지막은 상당히 멋지게! 종교적으로 마무리될 수도 있을 정도로 훌륭했답니다.

우지천변 다리 위를 걷고 있는 난다와 욿은 씨

▲ 우지역 앞에 있는 우체통
▶ 우지역 주변의 신발 가게
▼ 녹차 아이스크림 가게에서 본 우지천

05
마지막 여정

셀프카메라 인 재팬

축제 같은 차이나타운

이제는 며칠만이 남아 있었어요. 우리는 하루를 요코하마에서 지냈죠. 사쿠라기쵸 역에 내려 차이나타운에 갔어요. 붉고 큰 문으로 들어서면 언제나 축제 같은 차이나타운을 딸기는 아주 좋아했어요. 싸고 이상한 물건이 많아서이기도 했지만. 우리는 길에서 파는 깐 밤이랑 중국식 만두를 사 먹고 예쁜 가게마다 들러 구경을 했답니다.

딸기는 고양이 가게에서 고양이 인형과 고양이 지갑, 그리고 고양이 열쇠고리를 사고 싶어 하다가(딸기는 고양이들의 충실한 팬으로서, '딱풀'이라는 아름답고 사려 깊은 여자 고양이와 함께 삽니다.) 고양이 엽서만 몇 장 사고 나왔어요. 저는 편편한 고무창에 아무 장식이 없는 갈색 구두를 안 사려고 노력하다가 집에 가기 전에 기어이 다시 돌아가 샀답니다.

딸기는 수입 식료품 가게에서 한국말로 '고춧가루 김'이라고 쓰여 있는 것을 발견하고는 그것의 정체가 무엇인지를 계속 궁금해 했어요. 저는 아시아의 여러 나라에서 수입한 옷을 파는 가게에서 입어 본 화려한 드레스들이 조금씩 제 체형에 맞지 않았던 것을 천만다행으로 생각했지요.

딸기는 그 가게 계산대의 남자 점원이 자기 취향이라며 다시 돌아가서 뭐든 사자고 졸랐어요. 우리는 한 선물 가게에서 밖에

내놓고 팔던 500엔짜리 펭귄 우산을 사지 않은 것을 서울에 돌아와서까지 후회했답니다. 차이나타운에 왔으니까 중국 음식을 먹자고, 줄지어 늘어선 중국 음식점의 빙빙 돌아가는 쇼케이스를 들여다보았어요. 볶음밥이랑 해물 국수를 먹었는데 꿍장히 맛있었어요. 양에 비해 싸기도 했고요.

낭만이 있는 야마시타 공원

만을 따라 쭉 산책로가 나 있는 야마시타 공원은 무척 낭만적인 곳이었어요. 한쪽으로는 요코하마 항구가 있고 잘 정리된 공원 너머엔 고급 호텔들이 줄지어 있지요. 바다를 보면 울컥 솟는 싸구려 감상과 유람선에서 흘러나오는 재즈 음악 때문에 우리는 길게 산책을 했답니다. 나란히 줄을 서서 서울로 전화도 했고요.

그러고 나니 매실주를 마시고 싶어져서 근처 편의점을 돌아다녔어요. 그런데 놀랍게도, 정말 놀랍게도, 야마시타 공원 근방의 모든 편의점에서 알코올류를 팔지 않더라고요.

우리는 걸음을 빨리 해서 지하철을 타고 해리의 집으로 돌아왔어요. 동네 편의점에서 산 매실주를 손에 들고요. 휘시만즈 음악을 들으면서 딸기는 차이나타운 옷가게 청년에게 하고 싶었던 말을 일본어로 연습했답니다. 우리의 짧은 일본어 사전에 '필수 데이또 니혼고 ひっしゅうデートにほんご'가 추가되어 있었거든요.

"じかんありますか."
시간 있습니까?
"おちゃでも…?"
차나 한잔…?
"キスしてください."
키스해 주세요.
"よろしくキスしてください."
부디 키스해 주세요.

◀ 요코하마의 보도 타일
▲ 요코하마의 고양이들
◀ 요코하마 사쿠라기초 역
▼ 야마시타 공원 주변의 요코하마 항구

다른 며칠은 도쿄에 갔어요. 잘 차려입은 젊은이들과 수령이 오랜 나무들의 도시, 라는 것이 도쿄에 대한 저의 인상이었어요. 신주쿠에서 하라주쿠로, 메이지 진구에서 요요기 공원으로 다니다 보면 정말 그런 생각이 들어요.

이상한 옷을 입은 젊은 사람들에 대해 말하자면 저는 도쿄의 관용성에 대해 높이 평가한다고 했답니다. 주말에 하라주쿠에 나와 있으면 그 기묘하고 화려한 복장들이 흡사 놀이공원 입구라도 보는 것 같았어요.

저는 특별히 보수적인 복장을 즐기는 편은 아니지만 그래도 취향에 경계라는 것이 있어서 말이죠, 제가 만약 하라주쿠의 왕이라면(폭군이라면), 신발이라기보다 죽마에 가까운 높은 구두

를 법으로 금지할 것 같아요. 발목을 부러뜨리기 딱 좋으니까요.(얼마 전에 그렇게 높은 신발을 신고 가다가 지하철 계단에서 굴러 떨어져 죽은 여자 아이가 있었다죠.) 하긴 똑같은 양복에 넥타이 차림도 역시 법으로 금지하고 싶긴 합니다만.

길거리에서 맛있는 것을 사 먹고, 사람들도 구경하고, 예전에 여행에서 사귀었던 일본인 친구도 만나고(매우 평범해 보이는 서른 살 회사원인 이 친구도 틴에이저 시절엔 그런 복장으로 하라주쿠를 누볐다고 했어요.), 밤마다 매실주를 마시느라 도쿄에서의 며칠은 금방 지나갔어요. 딸기는 도쿄의 그 관용성 덕분에 자기 사이즈에 맞는 여러 가지 속옷들을 사게 되었다며 기뻐했답니다.

마지막 날 딸기는 서울에서 도깨비 여행을 나온 친구들을 만나러 갔어요. 저는 요코하마 대학에도 가보고 미처 다 보지 못한 요코하마 시내의 작은 길들도 밟아 보려고 요코하마에 남아 있었어요.

우리들은 저녁을 같이 먹기 위해 사쿠라기쵸 역 관광 안내소 앞에서 만나기로 했거든요. 핸드폰도 없는데 시간에 늦을까봐 저는 20분 전부터 약속 장소에 나가 있었어요. 기념으로 요코하마 지도를 얻을까 해서 관광 안내소에 들어갔는데, 신요코하마 역에서 병원을 찾는 것을 도와주었던 친절한 남자분이 앉아 있었어요. 우리들이 초콜릿이라도 사다주자고 했다가 잊어버렸던 그분 말이에요.

일본을 떠나기 전에 감사 인사를 하게 되려고 이렇게 만났나보다, 반갑게 인사했더니 안 그래도 궁금했다며 저녁이라도 같이 먹자고 했어요. 우리는 얼떨결에 마지막 저녁식사를 요코하마 항구가 내려다보이는 근사한 인도네시아 식당에서 하게 되었어요.

서른세 살의 유우스케 상은 원래는 컴퓨터 회사의 엔지니어였지만 마음에 드는 일자리도 없고 여행도 하고 싶어서 관광 안내소에서 일하게 되었다고 했어요. 보수는 작지만 비교적 자유롭게 시간을 낼 수 있어서 좋다고요. 중국, 한국, 캐나다, 뉴질

랜드를 여행했던 경험을 들려주었어요. 원래는 치바가 고향이
지만 부모님의 집을 떠나기 위해 아무런 연고도 없는 요코하마
대학을 택해서 왔다고 하면서요. 저도 그랬어야 하는데, 젠장!

저는 낯선 땅에서 한 사람이라도 더 잘 가라고 인사해 주어
서 유우스케 상을 만난 것이 무척 기뻤어요. 여행에서 받은 친
절은 다른 사람에게 돌려주는 거니까 그에 대한 감사를 다른 사
람에게 충분히 하겠다고 인사했죠.(사실 우리는 저녁도 얻어먹었거
든요, 헤헤.)

딸기__나비처럼 하얀 블라우스

저에겐 여행 내내 옷을 꺼내 입을 때마다 한 번은 꼭 펼쳐 보고 다시 집어넣는 옷이 있었어요. 서울에서 집을 떠나기 직전까지 고민하게 했던 하얀 시스루 블라우스예요. 이 블라우스는 가볍고 부피가 작을 뿐 아니라 구김이 가지 않기 때문에 어디든 돌돌 말아서 갖고 다니기 편했어요. 하지만 얇고 비치는 탓에 입어 봤자 보온효과를 기대하긴 어려워서 겨울 여행엔 전혀 도움이 되지 않았죠. 그래도 혹시 파티라도 하게 된다면, 클럽에라도 가게 된다면? 기분 전환용으로 가져온 이 블라우스만 한 번도 밖에 나와 보지 못한 채 가방에 틀어박혀 있었어요.

지난 겨울 친구 집에 놀러 갔다가 우연히 발견한 (그래서 충동구매한) 이 블라우스는 사실 어디에도 어울리지 않는 옷이었어요. 옷을 살 당시만 해도 까맣거나 짙은 청색 브래지어를 하고 짙은 색 청바지와 함께 입으면 상당히 화려해고 섹시해 보일 거라는 생각이었지만, 결정적으로 까맣거나 짙은 색의 브래지어가 없었어요. 심지어 완전히 하얀 브래지어도 없었어요. 설사 있다 하더라도 그 옷을 입고 갈 곳이 없었거든요. 전 곧 서른이었고, 회사에 다녀야 하고, 요즘 유행한다는 파티 사교 클럽 같은 곳에는 속해 있지 않았어요.

그래서 여행에 '올인' 했답니다. 여행지라면, 게다가 우리나라보다 따뜻한 일본이라면 아마 괜찮을지도 몰라. 게다가 난

외국인이니까, 무슨 짓을 해도 상관없잖아, 라고.

　서울로 돌아가기 3일 전쯤부터 저는 그 블라우스를 꼭 한 번은 도쿄에서 입어 주리라 다짐했지만 기회는 오지 않았어요.

　늦게 불어 닥친 꽃샘바람에 우리들은 삿포로에서 입던 두꺼운 외투를 찾아서 입어야 했기 때문에 예쁜 옷, 좋은 차림새 같은 건 꿈도 못 꿀 일이었어요.

　여행지에서 이방인의 기행을 꿈꿨던 저는 돌아갈 날이 얼마 남지 않아서야 정신을 차렸어요. 겨울 여행에 필요한 옷과 차림새에 대한 마음가짐이 어떠해야 하는지 알게 되었답니다. 그러나 또 어째서인지 '어찌되든 갖고 온 옷은 모두 입어 주는 것이

옳다.' 라는 생각도 들었어요.

일본에서의 마지막 날, 오전에 오다이바에서 다른 친구들을 만나 후지 TV를 관광하고 비너스포트에서 쇼핑하기로 했어요. 저녁때 사쿠라기초에서 저와 만나 마지막으로 한 번 더 야마시타 공원을 산책하기로 했어요. 저는 드디어 하얀 블라우스를 꺼내 입었지요. 전날 시부야에서 싸게 산 하얀 브래지어가 있었기 때문에 가능한 일이었거든요.

그래서 기뻤냐, 보람찼냐, 이방인으로서의 기행에 만족하냐,면 물론 그렇지 않았어요. 거의 낭패에 가까웠거든요. 요코하마에서 출발할 때부터 꾸물꾸물하던 하늘은 오다이바로 가는 관문이자 유리카모메가 시작하는 심바시 역에 도착하자 눈을 퍼붓기 시작했어요.

겨울에 눈 보기가 쉽지 않은 도쿄 사람들이 창밖으로 날리는 눈을 보고 환호했어요. 그 소리는 저에겐 죽으라는 소리로 들렸죠. 그날의 오다이바는 삿포로보다 더 추웠답니다. 그저 춥기만 했죠. 흰 블라우스 위에 입은 방한 외투는 바람과 눈은 막아주었지만 뼛속까지 으슬으슬 떨리는 추위는 막아주지 못했어요. 그때야 비로소 알게 되었어요, 그 하얗게 나풀거리는 나비 날개 같은 블라우스의 정체를요. 제게 필요한 것은 나비 날개 같은 허영이 아닙니다. 촌스럽지만 따뜻한 것, 제게 필요한 건 빨간 내복 같은 존재였습니다, 라고 서울로 돌아왔을 때 저는 비망록에 꼭 적어 두고 잊지 않겠다고 마음먹었어요.

친구들과 오다이바의 해변에 도착했을 때 함박눈은 눈보라로 변해 있었어요. 후지 TV 전망대와 비너스포트에서도 콧물은 쉴 새 없이 흘렀죠. 머리가 멍해지도록 아픈 이 추위는 제 얄팍한 뼈 표면에 단단히 새겨져 영원히 잊혀지지 않을 것 같았어요.

우리들은 일본어를 못했지만 매번 일본어밖에 쓰지 못하는 일본인들의 도움을 받았어요. 대부분 길거리에서 서성일 때였죠. 그때마다 나타나서 도움을 주신 건 일본의 젊은 할아버지들. 우리들은 몇 가지 일본어 단어와 분위기, 바디 랭귀지로 통해서 대충 이해하게 되는 사이지만, 일본식의 작별 인사에 대해서는 하나같이 오랫동안 정겹기 마련이에요.

모든 대화가 끝나고 인사를 하고 돌아서는 순간, 할아버지들은 언제나 저희들을 향해 손을 흔들고 계시거든요! 언제까지고 계속해서. 우리들은 그 황송한 몸짓에 주춤거리며 돌아서서 뒷걸음질치게 되지만, 그 반쯤의 뒷모습을 향해 손을 흔들며 바이바이를 하는 할아버지들이 어떻게 귀엽지 않을 수 있겠어요.

삿포로에서 노보리베쓰를 가기 위해 탄 열차의 차장님인 사카모토 상의 경우도 그랬어요. 사카모토 상은 누가 봐도 귀엽고 친근한 얼굴의 아저씨였죠. 사카모토 상은 검표를 하던 중에 만났어요. 우리들의 JR 패스를 본 사카모토 상은 일본어로 긴 인사를 꺼냈지만(그 중엔 질문도 있었던 것 같아요.) 우리들은 알아들을 수 없어 그냥 웃었어요. 사카모토 상도 웃으면서 그냥 즐겁게 지내라고 말하고 다른 좌석 검표를 하러 갔어요. 그렇게 끝인 줄 알았는데, 노보리베쓰에서 우리가 내리는 순간! 어디선가 나타나 즐거운 여행하라며 손을 흔들어 줬어요. 우리가 역 안으로 들어가 보이지 않을 때까지요.

일본인은 속마음이 따로 있고 그것은 전혀 다르다는 식으로 일본에서 오래 산 사람들은 이야기했어요. 하지만, 그렇게 오랫동안 손을 흔들어 줄 수 있는 일본식 인사라면 속마음이야 어쨌든 상관없다는 생각마저 들었어요. 언젠가 산케이엔에서 만나 버스 번호를 알려 준 할아버지도 우리들이 탄 버스가 사라질 때까지 손을 흔들어 주었어요. 말은 통하지 않지만, 마음은 통한다고 생각했어요. 우리의 속마음과 그들의 속마음이 통하지 않은들 도대체 뭐가 문제겠어요.

난다__다시 일상입니다!

여행을 다녀온 지도 몇 달이 지났어요. 한동안은 바쁘고 어두운 나날이 이어졌죠. 완성된 단편영화는 계속 번거로운 일들을 만들었고 아르바이트는 곧 잘리거나 끝날 것 같았어요. 다시 맘에 안 드는 자리에 취직을 하려다 마지막 순간에 그만두곤 했고요. 때문에 엄마와의 관계는 조금도 나아지지 않았죠. 엄마의 말없는 어깨나 등만 보아도 저를 비난하고 있다는 망상에 사로잡혔어요. 저는 어디든 날마다 나갈 곳이 생기기를, 다시는 부모님에게 돈을 달라고 말하지 않을 수 있기를 바라고 또 바랐어요.

집에서 한 시간 이십 분 거리에 있는 친구의 집으로 매일 출근을 했어요. 친구가 학교에 간 사이 혼자서 밥도 해 먹고, 책도 보고, 낮잠도 자고, 영어 신문도 읽었어요. 이라크 전쟁 소식을 소리 내어 영어로 읽기도 했죠. 반짝 기분이 나서 일본어를 공부하기도 했답니다. 히라가나를 외웠는데 곧 다 잊어버렸지만.

볕이 들지 않는 친구의 공부방에서 이 글을 쓰기 시작했어요. 하루에 A4 반장씩을 메워 나가면서 천천히 봄이 오고, 시간이 가고, 무슨 일이 일어나기를 바라는 사이에, 과외 사이트를 검색하고 여기저기 전화번호를 남기는 일 말고는, 저는 할 일이 이것밖에 없었어요.

한번은 오래 된 일본 영화를 보러 갔다가 제가 갔던 삿포로의 거리를 알아보고 깜짝 놀랐던 적이 있어요. 영화는 1951년에 만든 구로사와 아키라黑澤明의 <백치>, 대부분의 장면이 삿포로에서 촬영되고 있었어요. 스크린 위의 삿포로는 더욱 추워 보였어요. 눈보라가 몰아치고 거리에는 눈이 겹겹이 쌓여 있었죠. 사람들은 높은 칼라가 달린 러시아식 코트를 입고 손에 토시를 하고 스케이트를 타기도 했어요. 삿포로로 가는 야간열차엔 예나 지금이나 승객이 많지 않았죠. 지붕이 뾰족한 북해도식 주택, 눈 쌓인 구 본청 건물, 높은 가로수 길…. 저한테만 속하는 개인적인 추억이 갑자기 극장에서 상영되는 것 같아 기분이 이상했어요.

여행을 가기 전엔 바빠서 왜 여행을 가고 있는지 생각할 틈이 없었어요. 그런데 돌아와서야 그 이유를 깨닫게 되었죠. 늘 같은 이유로 저는 계속 밖에서 떠돌고 있었거든요. 저는 집에 있을 수가 없었던 거예요. 왜냐하면 저에게는 아직 집이 없으니까.

그것은 제 잘못이에요. 너는 왜 그 나이 되도록 어린애처럼 구니, 이럴 줄 알면서 왜 돈을 모아 놓지도 않았니, 왜 몇 년 동안이라도 착실하게 일하지 않았니, 적어도 결혼이라도 해서 부모님 마음 편하게 해 드릴 생각은 없니. 사람들이 그렇게 물을 때마다 부끄럽고 미안했어요. 저는 왜 그러지 못했을까. 나는 참 열정 없는 사람이라, 내가 꼭 하고 싶은 일이 있어서 그랬다, 라고 당당하게 이유를 대지도 못했답니다.

다시 일을 시작했습니다

다행히도 지금은 날마다 출근할 수 있는 작업실이 생겼어요. 작게나마 끼니를 해결할 수 있는 돈도 벌었고 곧 있으면 원래 하려고 했던 시나리오 쓰는 일을 시작하게 될 것 같아요.

그래서 선뜻 다른 일을 못했던 그동안의 소심한 태도를 열정이라고 부를 수도 있게 되었지요. 참 이상한 일이죠. 그렇지만 이건 환상적인 성공담이 아니니까 좀더 진실에 가깝게 쓰려고 해요. 이제 일을 시작하게 되면 저는 아마 열심히 할 거예요. 자신이 없어도, 맘에 드는 작품이 아니더라도 끝까지 하려고 노력할 테죠. 더 이상은 물러설 곳이 없으니까요.

그래서 돈을 벌게 되면 엄마와 저는 잠시 화해를 하고 그동안의 허물을 덮으며 서로 위로하겠죠. 그리고 저는 또 노력을 할 테죠. 어쩔 줄 모르고 다시 도망치고 싶어질까 봐 무서우니까요. 스스로 무력하고 창피하다고 느끼는 것이 얼마나 싫은지 알고 있으니까요.

지난 겨울의 일본 여행은 아무 데도 갈 수 없던 시절의 작은 도피 같은 것이었고 이 여행기를 쓰는 것도 하루하루를 지내기 위한 변명 같은 것이었지만, 이제 다 끝난 것 같아요. 앞으로도 문제는 많을 것이고 막다른 골목에 자주 부딪히게 되겠지만 우선은 첫 번째 고비를 넘긴 것이 너무 다행입니다.

우리들은 초보 여행자였어요. 장거리의 장기간 여행을 해 보지 않았다는 의미에서는 아니에요.

우리는 세상을 모른다고 생각하려고 했어요. 알 기회도 있었고 얼마쯤은 알게 된 것도 같았지만, 대처하는 방법을 모른 채 끌려 다니기만 했으니 차라리 몰라서 그랬다고 하는 편이 더 나은 것처럼 보이기도 했어요.

몰라서 그랬으니 이제 그만, 바보짓에 마침표를 찍고 다시 시작하자고 떠난 여행이었어요. 돌이킬 순 없지만 다시 시작할 수 있다는 마음을 가지고 있었던 것 같아요. 확실히 저는 초심으로 돌아가고 싶었던 게 틀림없어요. 그러나 실은 초심이라는 것이 초보자의 마음과 다를 바가 없었다는 건 좀 부끄러운 일이었죠. 그래도 그렇게 아무것도 모르는 편이 나았을지도 모르겠어요.

그래서 타로카드 0번 바보광대의 여행답게, 여행의 콘셉트는 가난이었어요. 저는 멋대로 그렇게 다짐했죠. 미래에 저는 가난하고 또 외로울 것이라는 막연한 예감이 들었거든요. 한 번도 부유하게, 풍족하게 살아 본 적은 없었지만 미래에 닥쳐올 가난에 대한 공포에 느긋할

수 있을 정도로 어렵게 지냈던 적도 없었어요. 회사를 그만두고 학교로 들어가 공부를 하겠다고 마음을 먹는 순간, 미래는 이미 결정된 듯하여 불안정한 미래에 대한 공포는 사라지는 듯했지만, 분명히 상대적으로나 절대적으로 가난할 것이라는 불안감은 떨칠 수가 없었어요.

저는 용기가 필요했죠. 가난하고 외로워도, 누구도 봐 주지 않는 힘든 삶이라도 살아갈 수 있어야 했어요. 말이 통하지 않는 끝나지 않을 것 같은 고통에도 견딜 수 있어야 했어요. 지나간 고통 뒤에 다가오는 보상이 대부분 허무하고 차갑고 외로운, 그리고 길이 보이지 않는 세상으로의 한 걸음이라 하더라도 그곳에서 자잘한 기쁨을 찾아내서 만질 수 있다는 것을 제 몸에 보여 주고 싶었어요. 언제든지 떠올릴 수 있을 만한 어려운 경험을 하고 싶었거든요.

역 구내 키오스크에서 산 삼각 김밥과 현미차를 마시며 11시간 30분 동안 기차를 타고 새우잠을 자고 혹한의 홋카이도에서 새벽 눈보라를 맞으며 조금의 햇살과 먼지의 반짝임에도 감동하고 싶었어요. 그리고 당연히 그렇게 될 수 있을 줄 알았죠. 그것이 일본 여행 내내 머리를 지배하고 있던 금욕이라는 이름의 욕심이었어요.

하지만, 제 감각기관들은 금욕적인 머리와는 손발이 안 맞아서, 틈만 나면 예쁜 물건에 손을 대고 햇빛에 비춰 보고 냄새 맡아보고 지갑에서 돈을 꺼냈어요. 끊임없이 빈 가방을 채우고 싶어 했죠. 가방이 차 있으면 가방을 비우거나 새로운 가방을 사라고 명령했어요. 가방은 텅 빈 머리 대신 채워야 할 것이었어요. 가방은 갖가지 작고 예쁜 소리를 내는 잡다한 것들로 채워졌어요.

이 시간이 지나면 가난한 학생의 길이 시작이고, 그것이 두렵기 때문에 위안할 무언가가 필요했어요. 제 변명은 이런 것이었지만 고급 온천 호텔 뷔페에서 감동한 그 통통한 털게의 다리도 저를 채워 주지 못했어요. 고행을 위장한 이 여행에서 저는 가방과 위장 속으로 무엇이든 끊임없이 밀어 넣었지만, 그것만으로는 해결되지 않는 것들이 남아 있다, 당연하다, 어떤 것도 그것 이외의 다른 것을 대체할 순 없으니까, 밑이 빠진 게 분명한 나의 욕망의 독은, 내게 독毒이다, 라고 생각했죠.

일본으로의 여행은 예상보다 더 훌륭한 결과를 가져다 주었어요. 그러나 저의 세계는 넓어지지 않았고, 자신감도, 원하는 것도 저에게 다가오지 않았어요. 제가 알게 된 건 저는 어떤 꿈도 쫓고 있지 않다는 것, 그리고 어딜 가든 무슨 옷을 입든 나는 나라는 것뿐이었어요. 어디로 도망쳐도 나는 나에게서 도망칠 순 없다는.

저는 어디든 갈 수 있지만 언제나 그 지긋지긋한 '나와 함께' 라는 것. '나의 고민과 함께' 라는 것. 돌아와도 문제가 해결되어 있지 않다는 것. 나 없이도 세상은 잘 돌아가지만, 내 문제만은 내가 직접 풀지 않으면 안 된다는 것. 그렇게 뻔한 이야기들이 꽃샘바람이 되어 차갑게 날아와 저를 내리쳤어요.

가난하고 고생스러운 것은 훈련 받지 않아도 겪으면서 단련되는 것이죠. 게다가 저는 예상처럼 조용히 공부만 하면서 괴롭게 지낼 사람도 아니었어요. 어딘가에서 돈을 벌기 위해 학업에 그다지 신경 쓰지 못하게 될지도 모르는 일이죠. 믿었던 공부가 싫고 루저의 삶을 견디기 힘들어 몇 년 안에 도망쳐 버릴지도 모르는. 여행 내내 그걸 알고 있었지만 인정하고 싶지 않았어요. 그런 일이 일어나지 않길 바랐어요. 그건 여행에서 돌아와 이 글을 쓰고 있는 지금도 마찬가지지만, 언제까지나 모른 척할 수 있는 건 아니라는 생각이 들어요.

삿포로행 도라에몽 기차를 타다

초판 1쇄 인쇄일 ∣ 2004년 12월 17일
초판 1쇄 발행일 ∣ 2004년 12월 24일

지은이	신딸기 · 이난다
펴낸이	이숙경
기획	퍼슨웹
	천정환 · 김건우

펴낸곳	이가서
주 소	서울시 마포구 서교동 330-1 2F
전화/ 팩스	02) 336-3503 / 02) 336-3009
이메일	leegaseo@naver.com
등록번호	제10-2539호

ISBN 89-5864-062-6 03810

가격은 뒤표지에 있습니다. 잘못된 책은 바꾸어 드립니다.

문화기획 퍼슨웹(주)

대표	김준우
주소	서울시 마포구 서교동 461-13 시티빌딩 2F
전화	02-337-7948
홈페이지	www.personweb.co.kr
인터뷰웹진	www.personweb.com